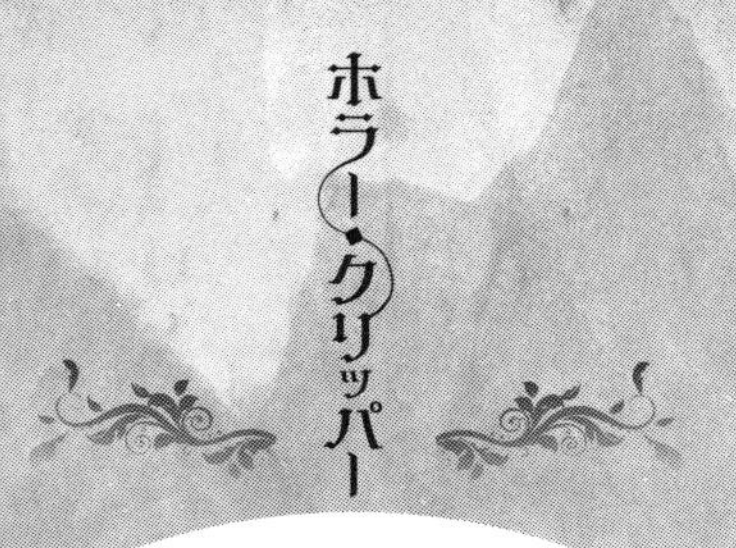

Horror Clipper

The Black Cat

E.A. Poe's Short Stories

ポー短編集

黒猫

文／にかいどう青

原作／エドガー・アラン・ポー

ポプラ社

Horror Clipper

The Black Cat

E.A. Poe's Short Stories

もくじ

黒猫（くろねこ）

The Black Cat

わたしはここにみずからの体験を書きのこすこととする。

ただ、とても非現実的な内容になるので、これを読んでいるあなたには、わたしの妄想だとか幻覚だと思われてしまうかもしれない。

正直、自分でもうけいれるのに時間がかかったほどだから、そう思われてもしかたがないことではある。

もちろん、妄想でも幻覚でもないと、これは最初にはっきりさせておこう。

当然ながら、つくり話でもない。

わたしは、明日にでも死刑が執行される身だ。

時間はのこされていない。

だから、その前に少しでもたましいの重荷を軽くしておきたく、こうして牢獄で筆をとっている。

これは、わたしが破滅するまでの物語である。

おさないころから、わたしはおだやかでやさしい性格だとよくいわれてきた。

友人たちからは、やさしすぎるとからかわれたほどだ。

動物とのふれあいが、わたしにとってはなによりのいやしだった。

息子にあまい両親のおかげで、のぞむままにペットを飼うことができたのは幸運だったといえる。動物たちにエサをやり、なでたりすることで心みたされながら、わたしは成長した。

そうしておとなになっても、動物を愛する気持ちに変わりはなかった。

人間どうしの友情は、見せかけだけのものになりがちだけど、動物たちがしめしてくれる親愛の態度は、いつだって誠実で、安心できる。

そんなふうに感じるのは、わたしにかぎらないはずだ。

わたしはわかくして結婚した。

妻とわたしは似た者どうしだったので、わが家はたくさんの動物をむかえることになった。

　小鳥や金魚、犬にウサギ、小ザル。

　それから、一ぴきの猫が。

　まっ黒な毛並みがうつくしい、りっぱな猫で、とてもかしこかった。妻はよく、黒猫は魔女が変身したものなんですって、と冗談めかしていっていた。

　プルートというのが猫の名前で、わたしたちは親友だった。

　エサやりはわたしの役目で、プルートは家じゅうどこへでもついてきた。外出するときまでついてこようとしたので、家にとどめておかねばならず、たいへんだったのをおぼえている。

　わたしと猫のしたしい関係は数年にわたってつづいたのだけど、そのあいだに、わたしの性格に、ある変化が生じていった。

　はずかしながらアルコールの魔力におぼれてしまったのだ。

　かつて、おだやかでやさしい人間だと評されたことがウソであったかのように、いつもイライラし、ひとを思いやる気持ちを失っていった。妻にも乱暴な口をきくようになり、やがていきおいにまかせて暴力をふるうまでになった。

一度そうなると、ころがり落ちるのはかんたんだ。

最低なわたしは、ついには、わたしをしたって近づいてくる動物たちのこともいじめるようになった。

最初こそ、親友のプルートにだけは手をださずにいたのだけど、それも長つづきはしなかった。


ある夜のこと。

いきつけの酒場からひどくよっぱらって帰宅すると、プルートがわたしからにげるようなそぶりを見せた。

たったそれだけのことに、そのときのわたしは無性にカチンときて、気づいたらプルートをひっつかまえていた。

そのようにあつかわれ、猫のほうはさぞおどろいたことだろう。とっさの反応で、わたしの手に歯をたてた。

瞬間、怒りの感情でわたしの心はどす黒くぬりつぶされた。

憎悪が全身をかけめぐるのがわかった。

わたしは酒の魔力に心をゆだね、ベストのポケットにしまっていたペンナイフをにぎりしめた。それから、そのきっ先を、おびえ、とまどう、親友の片方の目にむけて――。


翌朝、目をさましたわたしは、前の晩におかした自分の罪を思いだし、寒気をおぼえた。自分自身がはずかしくてたまらなかった。

なんとおそろしく、とりかえしのつかないことをしてしまったのだろう……。

だがそこでも、わたしはアルコールの力にたよった。

結局、それで、すべてを忘れられる。

片方の目を失ったプルートは、わたしが近づくとおびえてにげるようになった。

無理もない。虐待された動物が見せる当然の反応だ。

わかっていても悲しかった。悲しく思う資格など、わたしにはないのに。

けれど、少し近づくだけでも、いちいちおおげさな反応をしめすものだから、しだいに、いらだちがつのっていった。


うまく言葉にできない感情が、わたしのなかでふくれあがっていった。

その気持ちは、もはやプルートへのいらだちだけでは説明することができない。

わたしは、プルートに、もっとひどいことをしてやりたいという、くらい欲望をかかえるようになっていた。

それをしてはいけないことは、もちろんわかっている。

わかってはいるけれど、わかっているからこそ、実行してみたかった。

もしかしたら、わたしは、この気持ちとともに生きてきたのかもしれない。

おだやかでやさしすぎるといわれつづけていたあいだも、ずっと。

ただ、気づかないふりをしていただけで。


ある朝、わたしはプルートの首にロープの輪をひっかけ、木の枝につるした。涙を流し、後悔しながらも、そうせずにはいられなかった。

かつての親友だったからこそ、つるした。

プルートに罪はないとわかっていたからこそ、つるした。

そうすることで、慈悲ぶかい神さえ、わたしを見はなすだろうと思いながら、思ったからこそ、つるしてやった。

ああ、なんていい気分だろう！


この残虐な行為におよんだ夜、わたしは、「火事だ！」というさけび声でとびおきた。気づくと、あたり一面が炎にのまれていた。

妻と使用人、それからわたし自身は、ギリギリのところで避難することができたものの、その火災によって、全財産を失うこととなった。

わたしはぼうぜんとした。

これは因果応報というものだろうか？

まさか。そんな考えは非科学的だ。

火事のつぎの日、わたしは焼けおちたわが家をおとずれた。

ほとんどすべてが焼失していたものの、一か所だけ壁がのこっていた。

わたしの寝室の、ちょうどベッドの頭側をむけていた壁で、つい先日、しっくい*をぬりかえたばかりだった。

その焼けのこった壁の前に、ひとだかりができていた。

「これはなんだ？」「ふしぎなこともあるもんだ」と、みんな首をかしげている。

なにごとだろうと近づいてみて、鳥肌がたった。

白い壁に、猫のかげができていたのだ。

*しっくい　消石灰を主成分とする、ぬり壁材料。

首にロープをかけられ、つるされた猫のかげが、異様なほど、くっきりと。

いったい、これはなんだ？

わたしはおどろきと恐怖で、その場にたちすくんだ。

が、論理的に考えることで、なんとかおちつきをとりもどした。

これは超自然的な現象ではない。

火事が発生したとき、猫の死骸は庭の木につるしたままにしていた。だれかがそれをおろし、窓からわたしの寝室になげいれたのではないだろうか。

就寝中のわたしに危険を知らせるためだとか、理由はそんなところだろう。

そこへ、べつの壁がくずれかかり、ぬりかえたばかりの壁に死骸をおしつけることとなった。そうして炎であぶられたしっくいの石灰質と死骸のアンモニアとが化学反応をおこして、かげとなってのこったのだ。

そうにちがいない。

こうした説明でいったんは自分を納得させられたものの、それでも数か月のあいだ、おぞましい猫(ねこ)のかげが頭から消えてくれることはなかった。

わたしは、プルートの命をうばったことを後悔(こうかい)しているのか……。

しかし、そうは思っても、いまさらとりかえしなどつかない。

死んだものは帰ってこないのだから。

やがて、わたしはいきつけの酒場などで、プルートと似(に)た猫がいないか、さがすようになった。


そんなある夜、わたしがどうしようもない安酒場でのんだくれていると、ふと黒い物体が目にとまった。

そいつはいくつもある酒だるのひとつにのり、じっとしていた。

どうして、そのときまで気づかなかったのだろう。

わたしはそばにいって、そっとふれてみた。

おどろくほどプルートにそっくりの黒猫だった。

けれど、全身まっ黒だったプルートとちがい、その黒猫は胸の部分だけが白かった。

わたしにふれられた猫は、ごろごろとのどを鳴らし、こちらにすりよってきた。

まさしく、さがしていた猫そのものではないかと思い、わたしは店主にゆずってほしいとねがいでた。

しかし店主は、「うちの猫じゃない、これまで見たこともない」などという。

さてどうしたものかと、少しのあいだ猫をなでていたものの、そうしていてもしかたがないので、あきらめて帰ることにした。

すると、猫がわたしについてきた。おいはらう理由はなかった。

それいらい、つつましきわが住居にいついた黒猫は、妻の大のお気にいりとなった。だが、わたしのほうは、すぐに、その猫にうんざりした。猫がわたしをすいてくれるほどにわずらわしく感じて、イライラがつのるのだ。

わたしはできるかぎり猫をさけることにした。

プルートと同じ目にあわせてはならないと思ったからだ。

しかし、わたしの心にくすぶる、くらい感情だけは、どうしようもできなかった。

そもそも、その猫をうとましく思ったきっかけは、そいつに片目がなかったからにほかならない。

最初はそうとわからなかったのだ。家へつれかえった翌朝、よいがさめて、はじめて猫の片目が失われていることに、わたしは気づいた。

妻はとても心のきれいな人間なので、猫に片目がないがために、いっそうかわいがっていた。

以前のわたしであれば、妻と同じようにやさしく接することができたのに……。

皮肉なことに、わたしが猫をさけるほど、猫のほうはわたしになついてきた。

わたしがすわるイスの下でまるまったり、ひざの上にとびのってあまえようとしたり。歩いていれば足もとをちょろちょろし、ときにはわたしの服につめをひっかけ、のぼってこようとすることさえあった。

そのたびになぐり殺したい衝動にかられたけれど、もちろんそうしないだけの理性ももちあわせていた。

以前におかした罪の意識がのこっていたし、なにより――。

その猫のことが、こわかったのだ。

すでにしるしたとおり、この黒猫には胸に白い毛があった。

それはそれだけのことで、はじめのうちはなんとも思っていなかった。

しかし、妻に指摘されて、気づいてしまった。

ぼんやりとしたその白い部分が、あるおぞましいものとそっくりであることに。

気のせいだと必死に自分にいいきかせたが、一度そのように見えてしまうと、もうダメだった。

ぶきみなことに、猫の胸の毛は、絞首台の形をしていたのだ。

わたしの罪を告発し、断罪するように、死の象徴たる処刑具の形を。

わたしはびくびくして日々を送ることになった。

ふと気づくと、猫がじっとわたしを見ている。にげてもおいかけてくる。

そばにいないと安心したつぎの瞬間には、視線を感じる。ふりかえると、たなの上から、わたしを観察している。その目が、おそろしくてしかたない。

夜は悪夢を見るようになった。

うなされて真夜中に目ざめると、胸の上にのった猫が、熱い息のかかるきょりで、わたしを見つめているのだった。

たった一ぴきの猫ごときが、偉大な神に似せてつくられた人間さまのわたしに、こんなにも苦痛をあたえるなんてゆるされていいものか？　くそ！

しだいに、わたしのなかにのこっていたわずかな良心まで黒くそまっていった。

なにもかもが腹だたしく思え、心がささくれた。

いちばんの被害者は妻だろう。

彼女はわたしの理不尽な罵声や暴力に、ただじっとたえていた。

ある日のこと、ちょっとした用事で妻とわたしが家の地下へおりようとしていると、いつものように猫もちょろちょろとついてきた。わずらわしく思いつつ、がまんしていたのだが、そいつが足もとを通りぬけようとしたせいで、あやうく階段から転落しそうになった。

ひやっとし、直後に、燃えるような怒りがこみあげてきた。

もう、がまんの限界だ！

「このやろう」

わたしは、手近にあったオノをふりあげていた。

怒りにまかせた行動だったので、このときばかりは猫に対していだいていた子どもじみた恐怖も頭になかった。オノのたしかな重みだけがあった。

だが、とっさに妻がわたしをとめようとうごいた。

「あなた！」

そのことがまた、わたしを無性にいらだたせた。ゆるしがたかった。

「じゃまするな！」

わたしは猫ではなく、妻の頭をめがけてオノをふりおろしていた。

しぶきがわたしの顔にかかった。

刃がめりこむときの手ごたえといったら！

彼女はうめき声ひとつたてずに、その場にたおれた。

少しのあいだ、わたしは彼女を見おろしていた。彼女はぴくりともうごかなかった。ただ、赤い液体が彼女を中心に広がっていくだけ。


わたしはあくまでも冷静だった。

だれにもバレないように遺体を処理する方法を考えなければならない。

外へはこびだそうとすれば、人目につくだろう。

バラバラにしてだんろで焼いてしまうのがいいか。いや、火力がたりないかもしれない。

ならば、地下室に穴をほってうめるのはどうだろう。

もしくは、庭の井戸になげこむか。

箱につめ、運送業者に依頼すれば家からはこびだすことも可能か。

いや、そもそもひとの体を切断するのは、たいへんな作業にちがいない。なにかほかのアイディアはないものか……。

いろいろと検討をかさねていくうちに、いい考えが思いついた。

地下室の壁にぬりこめてしまえばいいのだ。中世の僧侶たちが、そうしたように。それならば、バラバラにする必要もない。

わが家の地下室には、死体をかくすのにぴったりの場所があった。

以前は、かざりの煙突かだんろがあったようなのだが、わたしが家を借りたときには、その部分はとりはらわれ、レンガでふさがれていた。

あのレンガをくずすことは、そうむずかしくはないだろう。

いったんレンガをどかし、あいた空間に死体をおしこんでからもとどおりつみなおせば、だれにもうたがわれることはないはずだ。

わたしはそう考え、さっそく実行にうつした。

思ったとおり、*バールをつかうと、かんたんにレンガをくずすことができた。内側の壁に、たった状態の妻をもたれさせ、彼女がたおれないよう注意しながら、レンガをつみなおしていった。

それから、だれにもあやしまれないようにしっくいの材料を手にいれてきて、ていねいにレンガの上からぬりかためてしあげた。

われながらすばらしいできだった。ほかの壁と見わけもつかない。作業ででたゴミもひろってしまえば、なにひとつ痕跡はなく、達成感だけがのこされた。

「ああ、苦労したかいがあったな」

とはいえ、それでおしまいではない。

すべての元凶であるあの猫を始末しなければならなかった。

このとき、わたしはあのケダモノを殺す覚悟をきめていた。

しかし、あのさかしい生き物は、わたしの殺意を敏感に感じとったのか、すがたを見せようとしなかった。

もっとも、それならそれでよかった。あのいまいましい猫が消えたことで、わたしがどれほど安堵したか、言葉ではいいあらわせない。

夜になっても猫がでてくることはなく、わたしはひさしぶりにぐっすりねむることができた。

殺人の重荷をたましいに負いながらも、やすらかにねむることができたのだ！


二日がすぎ、三日がすぎても、猫はあらわれなかった。

わたしはふたたび自由を味わった。

あの怪物は永久に消えさったのだ！　わたしは解放された！

妻を殺し、遺棄したことについては、たいして胸がいたまなかった。

*バール　長い棒の先端がL字にまがっている金属製の工具。

妻が行方不明になったことで、警察から質問をうけたものの、問題なくこたえられたし、家のなかをしらべられてもなにも発見されることはなかった。

わたしはやすらかな未来を約束されていた。


事件から四日後のことだ。

数人の警官がやってきて、いまから家宅捜索をするといった。突然の訪問だったけれど、彼らに死体のかくし場所がわかるはずがないので、わたしは動じなかった。命じられるままにたちあいさえした。

すみずみまでしらべるつもりらしく、彼らは地下室へ何度もおりていった。けれど、わたしはおちついたものだった。杖をたずさえ、腕ぐみをして、ゆうゆうと地下室を歩くよゆうさえあった。

これ以上しらべてもなにもでてこないと、納得したのだろう。警官たちはひきあげる準備をはじめた。

わたしは完全犯罪を確信し、内心で勝利のおたけびをあげた。調子にのって、もうひとこと、自分の無実を強調したくてたまらなかったほどだ。

もちろん、このままだまっていたほうがいい。わざわざ、みずからを危険にさらす必要はないのだから。

しかし、わたしの計画は完璧だ。無能な彼らになにができる？

「ごくろうさまでした」

こらえきれず、わたしは階段をのぼりかけていた警官たちに声をかけた。

「うたがいがはれて安心しました。みなさん、どうぞお気をつけてお帰りください。ただ、今後はもう少しれいぎをわきまえていただけませんか？　妻が消えておちこむ夫のもとに突然おしかけて、こんなふうにしらべるなんてあんまりだ。だけど、わかっていただけたでしょう。この家はね、よくできた家なんですよ」

なんだか興奮してきて、知らず早口になっていた。

わたしは、わたしの完全犯罪をじまんしたくてたまらなかった。

目の前の彼らの無能っぷりが、おかしくてしかたなかった。

「本当にすばらしくよくできた家でして、みなさん、もうお帰りなんですか？　この壁だって、すごく頑丈なんです」

それを証明するように、わたしは手にしていた杖で愛しの妻がねむる壁をたたいてみせた。

こん、こん。

そのときだ。

なかから返事があるではないか！

子どものすすり泣きめいたその声は、やがて人間のものとは思えないぶきみなさけび声に変わっていった。地獄に落とされた者の苦しむ声のようでありながら、同時に、それをながめる悪魔のわらい声のようでもあった。

ああ、神よ！　悪しき牙からわたしをおまもりください！

わたしは満足にたっていることができず、反対側の壁にもたれかかった。

力を失ったわたしとは逆に、とちゅうで足をとめていた警官たちは、猛然と階段をおりてきて、壁を破壊しはじめた。

またたくまにレンガはとりはらわれていき――。

ぽっかりとした空間があらわれた。

そこには、かわいた血でどす黒くそまった腐乱死体がたっていた。

いや、それだけではない。

死体の頭上には、わたしをあざわらうように赤い口を開き、らんらんと片目を光らせる、あのいまわしいケモノがすわっていた。

わたしが妻を殺すきっかけとなった、あいつが……。

以上が、わたしの身におこったことのすべてだ。

やつが鳴き声をあげたせいで、わたしの完全犯罪は失敗におわり、こうして絞首台へ送られる身となってしまった。

そう。どうやらわたしは、妻の遺体とともに、あの怪物までも墓のなかにぬりこめていたらしい。

ウィリアム・ウィルソン

William Wilson

まずかりに、ぼくの名前はウィリアム・ウィルソンとしておこうか。

この本を、ぼくの本当の名前でわざわざけがすこともないだろう。

すでにじゅうぶんすぎるほど、ぼくの名前は一族の汚点としてきざまれているのだし。

あらかじめことわっておくと、ぼくが経験した悲惨な人生とおかした数々の罪について、すべてをあきらかにすることはできない。

語ることができるのは、その一部分だ。

それから、これもはじめにつたえておこう。

ぼくはそう遠くないうちに死ぬ。いままさに死ぬとちゅうといってもいい。

ふしぎに思うかもしれないけど、そのことに少しほっとしてもいる。

ぼくが、こうして自分自身についてつづっているのは、すべてがおわってしまう前に、わずかでもやすらぎを得るためにほかならない。

ぼくが、ひとの力ではあらがうことのできない運命というやつにふりまわされたのだと、どうか知ってもらいたい。

そのうえで、どうか、ぼくをあわれんでほしい。

自分がゆるされないことをしたのは、わかりすぎるほどわかっている。

けれど同時に、ひどく苦しみ、なやみもしたのだ。

そのことも知っておいてもらいたい。

ぼくは常識ではかることのできない怪異にとりつかれ、その恐怖の犠牲となって、まもなくこの命をおえる。


ぼくはおさないころから、思いこみがはげしく、ひとより少し短気だった。思いどおりにならないことがあるたびにふきげんになる気質は、どうも一族ではめずらしくないことのようで、先祖代々のものらしい。

その傾向は成長するほど強まり、友人たちにはずいぶん迷惑をかけてしまった。

気の弱い両親は息子をとめられず、ぼくは暴君としてふるまった。

ぼくのいうことが法律で、なにもかもがぼくの意のままだった。
ぼくが最初に在籍した学校は、イギリスの霧ぶかい村のなかにあった。
ふしくれだった大木や古い家々。
いつでもかげにおおわれている小道のすずしさ。
さわやかな緑のかおり。
おごそかな教会の鐘の音。
どれもなつかしい。
しかし、ぼくの不幸は、あの村の、あの学校からはじまったのだろう。
寮をかねてもいた校舎は、巨大な迷宮めいた*エリザベス朝風の建物だった。
敷地も広く、周囲はしっくいぬりのレンガ塀でかこまれていた。
その塀の上部にはガラス片がうめこまれ、学校と外の世界とをへだてていた。
外へでられるのは週に三日ときめられていて、それ以外で門が開くことはなかった。

開門するのは、土曜の午後、助教諭ふたりにつきそわれて近くの野原を散歩するときと、日曜の朝と夕に教会でおこなわれる礼拝に出席するときの計三回だ。

ちなみに教会の牧師は学校の校長だった。

学校にいるあいだはタバコのにおいをまとわりつかせ、いつもふきげんそうにしていた校長が、教会ではいかにも聖職者らしいかっこうをして、慈愛にみちた表情をうかべるのだ。

当時はよく、世のなかウソばかりだなと思ったものだ。

それはともかく、いま思いかえしてみても、あの学校は本当におかしな構造をしていた。

やたらとまがりくねり、部屋数も多かったせいで、自分が二階にいるのか一階にいるのか、しばしばわからなくなった。

＊エリザベス朝風の建物　16世紀後半のイギリスのエリザベス一世時代の建築様式。柱や梁などが外側にはりだしたものが多い。

ぼくは二十人ほどの生徒と、あそこで約五年間、生活したのだけど、それぞれの私室が正確にどういう位置関係にあったのか、結局最後までわからなかった。

ぼくたちがふだん授業をうけていたのは、校内でもっとも大きな教室だった。大きいといっても、縦長のつくりで幅はせまく、天井がとても低かった。上部がとがったデザインの*ゴシック風の窓からは、ほとんど日がささず、いつもうすぐらかったのをおぼえている。

黒ずんだつくえやイスには、ナイフできざみつけられたイニシャルや変なイラストがのこされていた。

ボロボロの本。教室のはしにおかれた大きなバケツ。年代物の柱時計。

どれもが*陰鬱にしずんでいた。

とはいえ、ぼくがそこでくらした十歳からのおよそ五年間は、けっして悪いものではなかった。

もちろん塀の外へでる自由はなかったけど、じゅうぶんに楽しくすごすことができたと思う。

子どもとは、そういうものではないだろうか。おとなであればなんとも感じないことであっても、おもしろくしてしまう天才なのだ。

ひょっとすると、成人してからの毎日よりも、あのころのほうが、ぼくにとってはずっと刺激的で、楽しかったかもしれない。

たとえば、朝の目ざめ。夜の就寝点呼。詩の勉強。

定期的におとずれる半日休暇。散歩。運動場でのケンカ……。

あまりにもありふれていることだから、みんなはもう忘れてしまっただろうか。

だけど、ぼくはいまもあざやかに記憶している。

あのころのことは、すべてがきらきらとかがやいて思いだされる。

＊ゴシック風　12世紀後半からフランスでひろまった建築様式。大きな窓やステンドグラス、尖ったアーチなどが特徴。　**＊陰鬱**　陰気でうっとうしいようす。

おさないころからのきつい性格は、学校生活でも変わることはなく、級友たちにおそれられたぼくは、みんなのリーダー的な地位を得ていた。

そのうち年上の者たちからも、いちもくおかれるようになった。

おかげで、たいていのことはぼくの思いどおりだった。

しかし、そんななかでひとりだけ、気にいらない男がいた。

そいつとぼくとは、ぐうぜんにも同姓同名だった。

それじたいはありえないことではない。

ぼくの家名は、もともとはゆいしょある高貴なものだったという話だけど、そのころには一般的につかわれるようになっていた。

ここでは、ぼくはウィリアム・ウィルソンと名のっているけど、本名のほうもそれと大差ないくらいよくある名前だ。

もうひとりのウィリアム・ウィルソンは、ことあるごとに、ぼくとはりあおうとし、ぼくの意見にはことごとく反発した。

とても腹（はら）だたしかったけど、ぼくは、みんなの前ではなんでもないような態度（たいど）をつづけた。

それでいて、内心はおだやかでなかった。

おびえていたといってもいい。

あんなふうに平然（へいぜん）とぶつかってこられるのは、じつはむこうのほうがすぐれているからではないかと思わずにいられなかった。

ぼくはもうひとりのウィルソンに負けまいと必死（ひっし）だった。

しかし、そういったことに気づいている者は、だれひとりとしていなかった。

それはひょっとすると、彼（かれ）の手口がひかえめだったからかもしれない。

たしかに、つねに反抗的（はんこうてき）ではあったのだけど、ぼくを徹底的（てっていてき）にたたきのめしてやろうだとか、おとしめてやろうというようなようすは見られなかった。

それどころか、彼がぼくに反抗するのは、あくまで、ぼくのためを思ってのことで、親切心からしてやっているのだ、というような態度（たいど）をとりさえした。

もっとも、あいつのそういう姿勢こそが、ぼくをいらだたせたのだけど。

もうひとりのウィルソンがぼくに対してそのように接するものだから、やがて、上級生たちのあいだで、ふたりは兄弟だというウワサが広まった。

これには、ぼくらが同姓同名であることにくわえて、同じ日に入学したことも影響していたようだ。

それだけではない。兄弟どころか、親せき関係にすらないぼくたちだけど、もしかりに兄弟だったとすると、もっとおかしな共通点があった。

これは、当時は知らなかったことだけど、彼の生年月日は一八一三年一月十九日だというのだ。

まったくどうかしている。

それは、ぼくが生まれた日でもあるのだから。

われながらみょうに思うのだけど、当時ぼくは、もうひとりのウィルソンの存在

を非常にうっとうしく感じながら、しかしなぜか、にくみきれずにいた。

うちとけることはなかったものの、存在を無視しあうようなこともなく、顔をあわせれば言葉をかわすくらいの関係をつづけていた。

ぼくたちは似た者どうしだったのだ。

だから、こちらから歩みよりさえすれば、あんがい、いい友だちになれたのかもしれない。

彼のことをうとましく思ういっぽうで、ある種の尊敬の念をいだいてもいた。

おそろしく思いながら、気になってしかたない存在でもあった。

そんなわけで、もうひとりのウィルソンに対する攻撃は、冗談半分くらいのものにおさえざるをえなかった。

そうなると結局、彼にダメージをあたえることなどできない。

かるく流されて、おしまいだ。

基本的に、もうひとりのウィルソンには欠点がなかった。

あえてひとつあげるとすれば、彼の声帯くらいだろう。

たぶん生まれつきなのだろうけど、のどに障がいがあるらしく、彼は低くささやくようにしか声をだせなかった。

その点だけ、彼とぼくは明確にちがっていたけど、あとはなにもかもがそっくりだった。身長も体格も、まとっている雰囲気までも。

名前にいたっては、まったく同じときた。

むかしから自分の名前がすきではなかったというのに、同じ名前のやつがそばにいるなんて最悪ではないか。

ただでさえ気にいらない名前を、つねに二回きくことになるわけだし、ぼくを呼んでいるのか、彼を呼んでいるのか、わからなくなる。

このいまいましい一致のせいで、ぼくと彼とはいやおうなく混同されることとなった。いっそう、名前への嫌悪感がますというものだ。

ただ、ふしぎなもので、級友たちは、ぼくたちがさまざまなところで似ていることについては無関心だった。

せいぜい兄弟だとかんちがいするくらいのものか。

自覚していたのは、ぼくと、そして彼だけだった。

自覚していたからこそ、ぼくの服装をマネし、歩き方からちょっとしたしぐさまで、似せようとしたにちがいない。

生まれつきのどが悪かったくせに、話し方までぼくをマネていた。

大きな声はだせないにせよ、口調はぼくそのものだったから、彼の低いささやきは、ぼくのエコーみたいにきこえた。

このモノマネには、ひどく腹がたった。

しかし、やはり級友たちの目には奇異なものとはうつらなかったようだ。

みんながそれを自然なものとしてうけいれていることが、ぼくにはふしぎでならなかった。

もうひとりのウィルソンはいやがらせのようにこちらのマネをしながら、ぼくに対して鼻につく忠告(ちゅうこく)をしつづけた。

それがまた、いちいち正論(せいろん)なので、よけいに腹(はら)がたつのだ。

ただ、いまになって思うのだけど、あのとき、彼(かれ)の忠告(ちゅうこく)に少しでも耳をかたむけていれば、ぼくはもう少しましな人間になれたのではないだろうか。

こんなぼくでも、幸せな人生を歩むことができたかもしれない。


それは、みんながねしずまった深夜のことだった。

ぼくは自分の部屋をこっそりぬけだし、もうひとりのウィルソンの部屋へむかった。

ねている彼にいやがらせをしてやろうと思ったのだ。

生徒(せいと)のほとんどは、建物(たてもの)のなかにある大部屋でねていたのだけど、一部には小部屋を利用している者もいた。

すでに説明したとおり、ぼくらの学校はおかしな構造をしていた。

そのせいで、あちこちに物置部屋ていどの空間がのこされてしまっていた。

そういう空間は単身用の寝室として利用され、もうひとりのウィルソンもそのひとつで寝起きしていたのだ。

彼の寝室に到着したぼくは、いったんランプをろう下にのこして、ようすをうかがった。

寝息がきこえるのを確認してからランプを回収し、彼のベッドへと近づいた。

ベッドはカーテンでかこわれていた。

それをそっとひきあけ、ランプをかざしてみた。

瞬間、ぼくはこおりついた。

心臓が早鐘をうち、ひざがふるえ、満足に息もできなくなった。

それでも、ぼくは彼の顔をのぞきこんだ。

もうひとりのウィリアム・ウィルソンはこんな顔をしていただろうか？

いや、彼の顔であることにまちがいない。

まちがいはないのだけど……。

同じ名前、同じ体格をもち、同じ日に入学しただけなら、まだぐうぜんの一致ですませられるだろう。

でも、こんなことがありうるだろうか。ぼくの歩き方や話すときのくせ、しぐさをマネているうちに、こんな顔になってしまったとでも？

このウィルソンは、あまりにもぼくと……。

恐怖にふるえあがったぼくは、ランプを消し、彼の前からにげた。

そして学校を去り、二度ともどることはなかった。

数か月を故郷でぶらぶらすごすうちに、あの夜の恐怖はうすらいでいった。

あれは、ぼくの思いすごしだったのだ。そうにきまっている。

回復したぼくは、その後、名門イートン校に入学した。

新しい環境では、もうひとりのウィルソンにわずらわされることなく、かつてのように、思いどおりにふるまうことができた。

どんなことをしたかをいちいち説明するつもりはないけど、まあ、ほめられたものでないことはたしかだ。

そうやって三年の月日が経過した。


あるとき、ぼくは友人たちを部屋にまねき、夜通しパーティーを開いた。

ワインならのみきれないほど用意していた。

おかげでパーティーは大いにもりあがり、東の空が白みはじめてもまだおわるようすを見せなかった。

かけトランプとアルコールでハイになっていたぼくは、調子にのって、さらなる祝杯をあげようと、グラスをかかげた。

が、そのとき、部屋のドアが突然開かれた。

ドアをあけたのは下宿先の使用人だった。ぼくに客がきていると、彼はせかすようにいった。相手は玄関でまっているらしい。

すっかりよっぱらっていたぼくは、突然の訪問客を不快に思うどころか、むしろ歓迎してやりたいぐらいの気持ちで、ふらつきながら部屋をでた。

下宿先の玄関はせまくて、天井が低かった。

ランプが設置されていなかったので、明かりといえば半円形の小窓から入ってくるかすかな朝日だけだった。

使用人がいったとおり、そこにわかい男がたっていた。

ぼくと同じような背かっこうで、はやりの白いカシミヤのモーニングコートを着ていた。それは、ぼくが着ているものとそっくりのコートだった。

うすぐらいせいで顔はよく見えなかった。

男はこちらに気づくと、さっと近づいてきて、強くぼくの腕をとった。

「な、なんだ？」

すると、彼はぼくの耳もとに口をよせ、ささやいたのだ。

「ウィリアム・ウィルソン」

一瞬にしてよいがさめた。

小窓からさしこむ光をせおっているために、顔をかげで黒くぬりつぶした男がぼくに指先をつきつけてきた。

その指先を見つめながら、ぼくは身うごきひとつできなかった。

男の声。

独特に低く、かすれたその声には警告のニュアンスがこめられていた。

その響きを耳にしたとたん、たましいに電流を流されたような衝撃をうけ、忘れていたはずの記憶がいっきによみがえった。

しばし、ぼうぜんとしてしまい、気づいたときには、男は消えていた。

この一件は、ぼくの心に鮮烈なショックをあたえた。

けれど、思いなやんだのは最初の数週間だけで、やがてぼくはショックからたちなおっていった。

ぼくをたずねてきた男がだれだったのかは、考えるまでもない。

あいつだ。

問題は、あのウィルソンという男は何者なのか、ということだった。

しらべてみて、ひとつわかったのは、ぼくが前の学校からにげだした日の午後、彼もまた家庭の事情で退学していたということだった。

あいつはいったいなんなのか。

どこからやってきたのか?

なにが目的でぼくにつきまとうのか?

気味が悪い……。

しかし、進学を予定していたオックスフォード大学いきの件でいそがしくしているうちに、彼について思いわずらわされることもなくなっていった。

なにかと見栄をはりたがる両親がじゅうぶんに援助してくれたおかげで、オックスフォード大学に入学してからも不自由することはなかった。

服にも学費にもこまらず、それどころかイギリス貴族のバカ息子どもとむだづかいっぷりをきそうことだってできた。

まじめに生きることほどバカバカしいことはない。ぼくの思うとおりにならないことなんてひとつもないのだ。お祭りさわぎの毎日のなかで、ぼくはそんな考えを増長させていった。

ぼくはだれよりも散財し、だれよりも悪事に手をそめた。

なにをしたのかあきらかにすることはひかえるけど、当時うちの学生たちがやらかした『おろかな行為リスト』というものがあったとして、ぼくのせいでそれが長くなったことだけはまちがいない。

やがてぼくは、かけごとのさい、紳士にあるまじきイカサマをするようになった。その腕をみがき、マヌケそうな学友どもから存分にかせがせてもらったけど、こちらのズルに気づく者はひとりもいなかった。

みんなは、ぼくを、少しばかりごうまんだが、カネまわりのいい、陽気な男だと思っていた。

だから、一瞬不審に感じたところで、結局はあのウィリアム・ウィルソンがそんなことをするわけがないと勝手に納得してくれた。かりにぼくのイカサマに気づいたとしても、一度きりのあやまちだろうと見のがしてしまうのだった。

そんなふうにして二年がすぎたころ、うちの大学にグレンディニングというわかい貴族が入学してきた。

大富豪との話だったけど、おせじにもかしこいとはいえないやつだったので、さっそくターゲットにさせてもらった。

よくある単純なトリックだ。何度かかけトランプにさそって、わざと負けてやる。気をよくして油断した彼を、いずれ、でかくはめる。そういう計画だった。

順調に下準備をととのえたぼくは、慎重にタイミングを見はからって、しかけを発動させることにした。

会場は、ぼくともグレンディニングとももしたしくしていたプレストンという男の部屋にきめた。プレストンの名誉のためにことわっておくと、彼はぼくの計画についてはなにも知らなかった。

部屋にはグレンディニングやプレストン以外にも十人ほどの仲間があつまっていた。彼らも、もちろんなにも知らなかったし、はじめからトランプをするといって呼んだのでもなかった。

ぼくは、グレンディニングをうまく誘導し、彼自身の口からかけトランプをしようといわせた。

まったく、おもしろいくらいかんたんにひっかかってくれる男だったよ。

ゲームは深夜までつづき、とうとうぼくとグレンディニング、一対一の勝負にこぎつけた。しかも、ぼくが得意とするエカルテというゲームで。

みんなが見まもるなか、ぼくらの一騎うちがはじまった。

夕方からずっと、酒をのみつづけていたグレンディニングの手つきは非常にあやうかった。

カードをきるときも、くばるときも、手札をオープンにするときも。

たちまち彼は負けをかさね、借金をふくらませ、いっそう手つきをあやうくしていった。

そのあせりをごまかすようにワインをがばがば流しこんだ結果、まともな判断ができなくなったグレンディニングは、こちらが期待したとおりに、かけ金を倍にしようといいだした。

ぼくは、やめておいたほうがいいと、あくまでも相手を気づかうようにいいながら、そのじつ、巧妙に彼を挑発し、おこらせ、そこまでいうのならしかたがない、というような流れを演出し、その勝負に応じることにした。

うまくいきすぎてこわいくらいだった。

一時間とかからずにグレンディニングの借金は四倍にまでふくれあがり、彼はワインで赤らんでいた顔を、どんどん青ざめさせていった。

しかし、そんなふうに動揺するとは意外だった。グレンディニングの財力からすれば、ぼくとのあいだにできた借金なんて、はした金だろう。

なら、のみすぎて気分が悪くなったのかと思った。

このままつづけては仲間内でのぼくの評判にかかわるだろうと判断して、そろそろおひらきにしようと提案しかけたそのとき、やっと理解した。

ぼくはすでにやりすぎていたのだ。つまり、ぼくへの借金は、とっくにグレンディニングの返済能力をこえた額に達していたわけだ。

まわりのみんなのざわめきと、グレンディニング自身のみだれた息がそれを物語っていた。

その場の全員がグレンディニングに同情していることは明白だったから、さてどうしたものかと、そのときのぼくはなやんだ。

みじめなグレンディニングにかける言葉を、だれももたず、場はくらくしずんだ。一部のやつが、こちらへ非難がましい視線をむけてきてもいて、さすがに居心地が悪かった。

そんな気まずい空気をこわしたのは、突然の訪問者だった。

なんの前ぶれもなく、いきなり部屋のドアがあいたのだ。

その瞬間、風がふきこんできて、まるで魔法のように部屋じゅうのロウソクの炎が消えた。

しかし、室内がまっ暗になる直前、ぼくは見ていた。

入ってきたのは、ぼくと同じくらいの背たけの、コートに身をつつんだ男だった。

この事態にとまどい、だれも対応できないでいると、その男が口を開いた。

「みなさんにきいてほしいことがあります」

低く、はっきりとした、あのささやき声だった。

あいつだ。でも、どうして？

「こんなふうに突然おしかけてしまい申し訳ない、などとあやまるつもりはありません。ぼくはただ自分の義務をはたしにきただけなのですから。ここにいるだれも、今夜、グレンディニング卿から大金をまきあげた男の正体をご存じないでしょう。それを知るための、きわめてシンプルな方法をお教えします。彼の左そでのうら地をしらべてごらんなさい。刺繍つきの部屋着のポケットもです。おもしろいものを見つけられるにちがいありませんよ」

室内はしずまりかえっていた。ピン一本が落ちる音さえきこえそうなほどに。

男はそれだけいうと、入ってきたときと同様、とうとつに消えさった。

そのときのぼくの気持ちをいいあらわす言葉はない。

地獄に落とされた者がいだく恐怖のすべてが凝縮されていた。

そくざに、ぼくはみんなにとりおさえられた。

ロウソクに明かりがともされ、身体検査がはじまった。

そして、そでのうら地からエカルテで勝つために必要なトランプの絵札が、部屋着のポケットからはプロのさぎ師がつかう細工入りのカードが何組もでてきた。

いいのがれはできない。

その場で罵倒されていれば、まだよかったのかもしれないが、そうはならず、みんなだまったまま軽蔑のこもった目でぼくを見ていた。

やがて、その部屋の主であるプレストンが、ぬぎちらかしていた毛皮のコートをひろいあげ、いった。

「これはきみのものだよね、ウィルソン」

そう、ぼくのものだった。その日はさむかったので、移動するとき部屋着の上にはおってきていたのだ。

彼は苦笑めいた顔つきでコートのひだを見て、つづけた。

「こんなところまでさがす必要はないね。もうじゅうぶん、きみのお手なみは拝見させてもらったよ。この期におよんで、まだ学校にのこるとはいわないだろう? 少なくともこの部屋からは、いますぐにでていってほしい」

そこまで侮辱されたのだから、いくらこちらに非があるとはいえ、ぼくだってつかみかかるぐらいのことはしそうなものだけど、実際にはそうしなかった。できなかった。

ぼくが着てきたコートは、とてもめずらしい毛皮の特注品だった。かなりこだわって、ぼく自身がデザインしたのだ。

だから、プレストンがぼくにその毛皮のコートをさしだすなんて、ありえないことだった。

なぜなら、うながされるまでもなく、部屋をでていこうとしていたぼくは、自分のコートをすでに腕にかけていたからだ。

このコートが二着も存在するはずがない。

しかし、どう見ても、まるきり同じものだった。

そのコートは、あのなぞの人物がのこしていったものなのだろうか。

なんとか気持ちをおちつかせ、プレストンからコートをうけとると、さりげなく自分のものの上にかさね、部屋の連中をにらみつけてから退室した。

翌朝、まだ完全に夜が明けないうちに、恐怖と屈辱にまみれながら、ぼくはオックスフォードを去り、イギリスからヨーロッパ大陸へとわたったのである。


しかし、にげてもむだなことだった。

オックスフォードでの一件はおわりではなく、あらたなはじまりでしかなかったのだ。

フランスのパリに到着したとたん、やつがすがたをあらわし、ぼくのじゃまをした。

どこへにげてもついてくる。

ローマでも、ウィーンでも、ベルリンでも、モスクワでも！

どうかしている。こんなことはふつうではない。

それから、何年もぼくの心が休まることはなかった。

あいつはおそろしく感染力の強いウイルスのようだ。

ぼくはその脅威からのがれるために世界じゅうをめぐった。

けれど、そんなことはなんの意味もなさなかった。

「あいつは何者なんだ？　どこからきた？　なにが目的なんだ？」

彼の手口を分析しても、その正体をあばけるような有力な手がかりは得られなかった。

ただ、ふたつばかり気づいたことがある。

あいつがあらわれるのはいつも、ぼくがなにかやましいことをしようとしているときだった。悪事をおこなおうとすると、彼がじゃまをし、ぼくの計画をダメにする。

偽善者め。

ひとは生まれながらに自由であり、そこには悪をなす自由もふくまれるはずだ。それを侵害（しんがい）する権利（けんり）はやつにだってない。

もうひとつ気づいたのは、あいつがけっして顔を見せようとしないことだった。ぼくの前にあらわれるとき、あいつはごていねいにもこちらと同じ服装（ふくそう）をしてくるのだが、そのわりに、顔だけはかくしつづけていた。

正体をふせているつもりなのだろうか？

それでごまかせると本気で思っているのなら、わらってしまう。

やつが真に何者なのかという疑問（ぎもん）はこのさい、わきにおくとして、その正体は明白ではないか。

イートン校時代にあらわれた彼（かれ）だ。

オックスフォードでぼくのイカサマを見ぬいて恥（はじ）をかかせ、ローマで、パリで、ナポリで、エジプトで、ぼくをじゃましつづけた男だ。

ぼくの天敵（てんてき）。悪の天才。

いまいましくもおそろしい、ぼくと同姓同名のかつての級友、ウィリアム・ウィルソンにきまっている！

こうして、ぼくと彼とのきってもきれない関係はいよいよ最終章に突入する。


ぼくはずっとあの男の前では無力だった。

高潔で、かしこく、万能なうえ、いつだってこちらを見つけだす彼に、ぼくは恐怖した。彼にはかなわないとみとめざるをえなかった。

ぼくは酒の力にたよった。

そして、ある決意を固めた。

これ以上、あの男の思いどおりにさせておくわけにはいかない。

やつの支配からのがれてやるのだ。

一八××年、カーニバルの季節のローマでのことだ。

ぼくはナポリ公爵ディ・ブローリオの邸宅でおこなわれる仮面舞踏会に出席していた。

その日はいつも以上にワインをのんでいたせいもあって、短気なぼくは会場にひしめく客の多さにイライラしていた。

それでもひとごみをかきわけ前進していたのは、もうろくした公爵にはもったいないほど、わかく、愛らしい彼の妻をさがしていたからだ。

仮面舞踏会なのだから当然だけど、全員が仮面をつけているせいで、だれがだれだかわからない。そういうルールなのだ。にもかかわらず、公爵夫人はぼくに自分がどんな衣装でパーティーに参加するかを事前に教えてくれていた。

苦労のかいあって、彼女を発見したぼくはそちらへ移動しようとした。

だが、その瞬間、肩をつかまれていた。

同時に、忘れたくても忘れられない、例のささやき声がきこえた。

ききちがえるものか。

「きさま！」

とっさにふりかえったぼくは、相手のえり首をつかんでいた。

思ったとおりだ。

目の前のそいつは、ぼくとそっくり同じかっこうをしていやがった。

すべらかな素材でつくられたスペイン風の青いマントをはおり、腰にまっ赤なベルトをまいて、そこに剣をさげていた。

その顔は黒いシルクの仮面でかくされていた。

「きさま！　ふざけるなよ！」

自分の大声に鼓舞され、ぼくはヒートアップしてつづけた。

「このくそやろうが！　おまえなんかに一生つきまとわれてたまるかよ！　ぶっ殺してやる！」

近くの個室へひきずりこんでつきとばすと、やつは壁にぶつかってよろめいた。

ぼくはドアを閉め、「剣をかまえろ」とつげた。

その言葉に彼はとまどったようだったけど、ひとつためいきをつくと、だまって剣をぬいた。

「かくごしろ」

勝敗はあっけなくきまった。

ぼくの腕には、千の兵力がやどっているかのようだった。

ほんの数秒でやつを壁においつめてにげ場をうばい、その胸をくりかえし剣でつきさしてやった。

そのとき、部屋にだれかが入ってこようとする気配がしたので、さっとドアをおさえた。それから、いままさに死のうとしている男へとむきなおった。

その瞬間、ぼくは驚愕し、足がすくんだ。

足がすくんだ？

いや、そんな言葉ではとてもたりない。

「なんだ、これは」

一瞬目をはなしたすきに、さっきまで存在していなかったはずの大鏡がおかれていたのだ。

そこに、ぼくがうつっている。

血まみれの、まっ青な顔をしたぼくが。

バカな。ちがう。ぼくは混乱しているだけだ。

鏡が一瞬で出現するわけがない。

それは鏡にうつったぼくではなく、瀕死の重傷をおった、もうひとりのウィルソンだった。

彼の仮面とマントは床にぬぎすてられていた。

あらわになったその顔、身につけている服のこまかいところまで、ぼくたちはそっくり同じだった。どこもちがわない。

ついには、その声までも。

もはや、かつてのようなかすれ声ではなくなっていた。

そのときのぼくには、彼が話しているのか、自分が話しているのか、それを区別することができなかった。

「きみの勝ちだ。降参するよ。けど、これできみもおしまいだ。この先、この世のどこにもきみの居場所はない。天国にもね。きみののぞみはここでたたれた。残念だよ。きみはぼくとともに生きるべきだったのに。さあ、よく見たまえ。きみが命をうばった相手の顔を。ぼくはきみ自身だ。きみは、みずからの手で自分の良心を殺してしまったんだよ」

赤死病(せきしびょう)の仮面(かめん)

The Masque of the Red Death

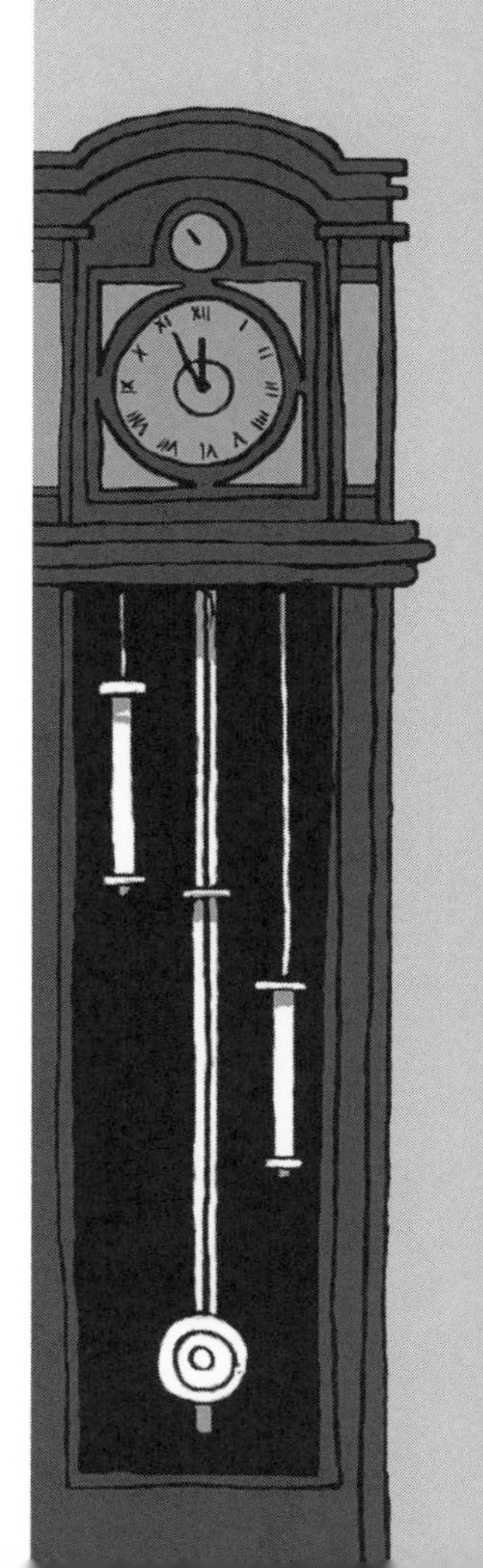

国じゅうに『赤死病』の感染が拡大して、どれくらいたつでしょう。

こんなにも致死性の高い病気はこれまでありませんでした。

この病に感染すると全身に激痛が走り、ひどいめまいにおそわれ、毛穴という毛穴から血がふきだし、最後には命を落としてしまうのです。

感染者はすぐにわかります。

全身、とくに顔に、赤いシミのようなものがうかびあがるからです。

発症後、わずか三十分で命を落とすこととなり、だれもたすかりません。

そのような非常事態にあって、かのプロスペロー公爵はじつに大胆な行動にうってでられました。

ご自身がおさめる領の人口が半分ほどにへったところで、宮廷騎士やご婦人の友人を千人ばかりおあつめになり、寺院へひきこもることにしたのです。

公爵の趣味で建てられたその寺院は、あつく高い塀にかこまれていました。

その塀には出入りするための鉄の門がいくつかそなわっていたのですが、ひきこもった彼らはかんぬきを溶接して、開け閉めができないようにしてしまいました。それは感染者が入ってくることをふせぐためであると同時に、いったんなかへ入ったひとびとがでていくことを禁じるためでもありました。

万全の感染対策にくわえ、食料はたっぷりと用意されていましたから、なにも心配はいりません。

塀のむこうでおきている悲惨なことは忘れ、いまこのときを楽しもう。公爵はそのようにお考えになったのです。

そのために、道化師やおどり子、演奏家たちを準備してもいました。それからもちろん、美人と極上のワインも。

このように塀の内側では、最高の娯楽と安全とが保証されていました。

外の世界ではなおも『赤死病』が猛威をふるっていましたが、彼らにはもはや関係のないことでした。

そうして半年近くが経過し、まだまだ外では感染の終息が見通せないなか、プロスペロー公爵は仲間たちを楽しませるため、あるイベントを考えました。

盛大な仮面舞踏会を開催することにしたのです。

会場は七つの部屋をつなげた大広間としました。

もっとも、主催者はふうがわりなことで有名な公爵ですから、ふつうの大広間とは少しばかりことなっていました。

多くの宮殿では、各部屋をしきるとびらをあけはなつことで、入り口から奥の部屋まで見通しのよいひとつなぎの大広間にすることが可能です。

しかし、公爵の寺院では部屋と部屋とが不規則にならんでいる構造のため、そうすることができませんでした。

しきりとびらをあけても、となりの部屋くらいしか見えない、おかしな間どりになっているのです。

ろう下は七つの部屋の外側をかこうように設計されていましたから、部屋のなかから外の景色をながめることはできません。

そのかわり、どの部屋も、ろう下に面した壁にステンドグラスの窓がはめこまれていました。

ステンドグラスの色は、それぞれの部屋の装飾とあわせてえらばれています。東端の青い部屋にはあざやかな青いステンドグラスが、となりの紫の部屋には紫のステンドグラスが、というぐあいです。

三番目の部屋は緑、四番目から順にオレンジ、白、すみれとつづいていました。

ただ七番目の部屋だけは、ほかとはおもむきがことなっていました。

壁は天井から床まで黒いベルベットでおおわれて、じゅうたんも黒で統一されていたのですが、窓にだけ深紅のステンドグラスがはめられているのです。まるで血のような色のステンドグラスが。

どの部屋にもランプや燭台などはありませんでしたが、部屋をかこうろう下に、火をともした三脚が設置されていましたので、明かりにはこまりませんでした。

公爵は、ステンドグラスごしに光をとりいれることで、室内をあやしく幻想的に見せる効果をねらっていたのです。

もっとも、黒の部屋にかぎっては、血の色のステンドグラスが、ひとびとをぶきみにそめてしまうものですから、舞踏会のあいだ、そこを利用する者はほとんどおりませんでした。

この大規模な仮面舞踏会を開催するにあたって、公爵は各部屋のかざりつけに徹底的にこだわりました。

それと同時に、ひとびとの仮装にも公爵の好みが強く反映されました。

まずなによりもグロテスクであること。派手で、きらびやかで、幻想的であることが求められました。

ですから、うつくしく着かざる者がいるいっぽうで、おそろしくぶきみなかっこ

*燭台　ろうそくを立てるための台。

うをした、悪夢の住人のような参加者たちも、会場には大勢いたのです。

奇怪な部屋で奇妙なすがたをした彼らがおどっていると、楽隊のかなでる音楽までもが、あたかも夢幻の世界から流れてくるようでした。


ところで、先ほどの黒の部屋には*黒檀でできたりっぱな置時計がありました。

時計は、カチ、カチ、とふり子をゆらし、一時間おきに鐘を鳴らしました。

その鐘の音は荘厳な音楽のようでありながら、しかし、どこか不吉なことの前ぶれのようにひびきました。

やけに耳につくため、そのときがくるたびに楽隊は演奏を中断し、ワルツをおどっていたひとびとも足をとめるほどでした。

鐘が鳴っているあいだは、だれもかれも不安をおし殺して、口を閉ざしました。

鳴りおえると、なにもおこらなかったことに、ひとびとは安心しました。

明るいわらい声が広がり、もとの楽しい時間が再開されるのです。

そんなことが舞踏会のあいだ、一時間ごとにくりかえされました。

そのうちに夜もふかまりましたが、あいかわらず、最も西のはしにある黒の部屋を利用する者はおりませんでした。

血の色にそまるその部屋のまがまがしさといったら、夜がふけるほどにましていくようだったからです。

まちがって足をふみいれようものなら、例の置時計が時をきざむ音までいっそう重々しく、黒々としてきこえるのでした。

もちろん、くらくしずんでいるのはその部屋だけのことで、ほかの六つの部屋は熱気にあふれていました。


そうして、とうとう十二時の鐘が鳴りだしました。

*黒檀　東南アジア、アフリカで生育する木。かたくて黒くつやがあり、上等な家具に使用される。

例のごとく楽隊の音楽がやみ、わらいながらおどっていたひとびとは、ぱたりとその場で足をとめます。

だれもが口をとざし、ぶきみな鐘の音だけが、大広間を支配しました。

やがて最後の鐘が鳴りおえた、そのときです。

東のはしにある青の部屋にいた何人かが、みょうなことに気づきました。

これまで、存在しなかったはずの人物が、そこにたっていたのです。

あれはだれだろう？　と、ひとびとはささやきかわしました。

しかし、だれひとりとして、その人物に心あたりがありませんでした。

ご承知のとおり、舞踏会に参加しているのは、奇怪な仮装をした者ばかりです。

そのようななかにあっても、その人物はひときわ目だっていました。

もちろん、悪い意味で、です。

それはグロテスク趣味の公爵でさえ不快に思うほどで、そこにいただれもがふかい嫌悪感をいだきました。

やせて背の高いその人物は、血がとびちった死装束をまとい、赤いシミのういた死者の仮面をかぶっていたのです。

そう、その仮装は、『赤死病』の犠牲者そのものでした。

このぶきみな人物がひとびとのあいだをゆうゆうと歩くのを目にした瞬間、プロスペロー公爵はこおりつきました。が、すぐさま怒りで顔をまっ赤にし、「あいつは何者だ?」と、そばにひかえていた家臣にたずねました。

「あんなすがたをさらして、われわれを侮辱するなど、ゆるしておくわけにはいかん。つかまえて、仮面をはぐのだ。正体をあばいて、夜明けとともに城壁からつるしてしまえ!」

公爵の宣言は七つの部屋すべてにひびきわたりました。

それとともに、家臣たちがうごきだします。

しかし、不審者のほうもまた、歩きだしていました。しかも、よゆうのある足どりで、公爵のもとへむかってくるではありませんか。

予想外の行動に意表をつかれた家臣たちは、その場で足をとめました。なぞの人物の歩みがあまりにもどうどうとしていたものですから、みな、おびえてしまい、近づける者はありません。

その人物はだれにもはばまれることなく、プロスペロー公爵のわずか一メートルほどのきょりを歩きさっていったのです。

そして、いまいる青の部屋から紫の部屋へ、そこから緑の部屋を通過し、オレンジの部屋、白の部屋をへて、すみれの部屋へと移動していきました。

一同の足がすくむなか、プロスペロー公爵はハッとわれにかえりました。一瞬でもひるんでしまった自分を恥じ、猛然となぞの人物めがけてかけだします。

「きさま、何者だ！　どうやって入ってきた！」

すさまじいいきおいできょりをつめると、短剣をぬいて、ふりあげました。そこはちょうど、すみれの部屋と黒の部屋との境界上でした。

「無礼者め！　その仮面、はぎとってやる！」

短剣のきっ先がとどこうかというその瞬間、なぞの人物が公爵をふりかえりました。

同時に、公爵はこの世のものとは思えない声をあげました。

手にしていた短剣が黒いじゅうたんへ落下し、公爵自身もその場でひざからくずおれたのです。

命を落としたのは公爵のほうでした。

「なんてことだ……」

それを見ていた男たちは、覚悟をきめて、いっせいに黒の部屋へなだれこみました。

おいこまれたなぞの人物に、もはやにげ道はのこされていません。

「抵抗するな！　おとなしくしろ！」

その者は、黒檀の置時計のそばで、じっとたたずんでいました。

殺到した男たちは、なぞの人物をおさえつけ、その仮面と死装束を乱暴にひきはがしました。

直後に、全員が息をのみました。

仮面の下には、なにもなかったのです。

とりおさえたはずの人物は、けむりのように消えてしまいました。

それをみとめたとたん、近くにいたひとりが苦しみだし、床にたおれました。

突然、息たえたのです。

悲鳴があがったのもつかのま、またひとり、さらにひとり、と犠牲者がふえていきます。

ばたり、ばたり、ばたり……。

痛みにもがき苦しみ、毛穴という毛穴から血をふきだし、全身に赤い赤いぶきみなシミをうきあがらせて。

ばたり、ばたり、ばたり……。

やがて最後のひとりが息をひきとったとき、黒檀の置時計も役目をおえたとばかりにうごくことをやめ、部屋をあやしくてらしていた三脚の炎も消えて、ただ、暗黒と腐敗と病とがすべてを支配したのでした。

アモンティリャードのたる

The Cask of Amontillado

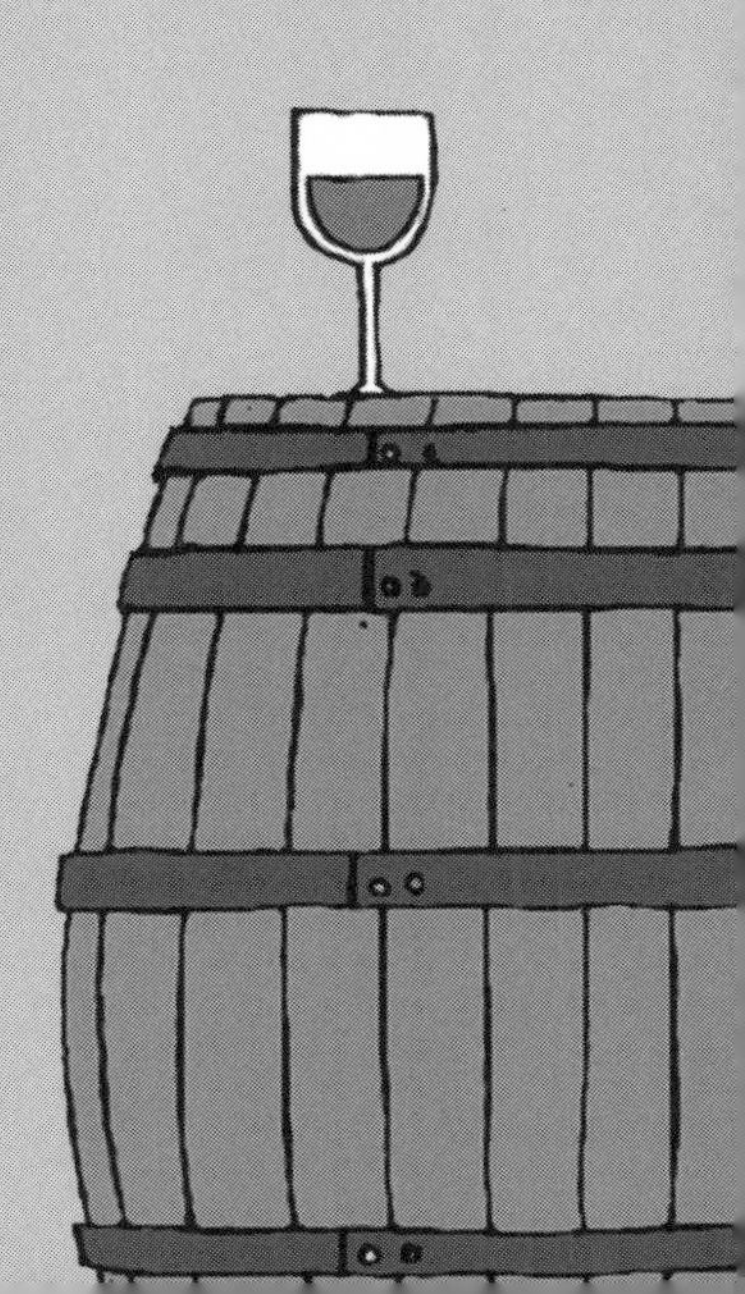

このときを、ずっとずっとまっていた。

ようやく計画を実行にうつすときがきたのだ。

わたしがフォルトナートと再会したのは、カーニバルの季節の、ある夕刻のことだった。

彼は優秀かつ冷徹なイタリア人で、尊敬をあつめると同時におそれられもしていた。ただ、ワインのこととなるとわれを忘れてしまうという欠点があった。

こんなことをいっては気を悪くする者もいるだろうが、わたしの個人的な見解では、イタリア人という輩はさぎ師みたいなものだ。

芸術について彼らが熱く語るのは、イギリスやオーストリアの億万長者からカネをまきあげるための方便にすぎず、思いいれがあるわけではないのだ。

フォルトナートも宝石や絵画にかんしては、多くのイタリア人と大差なかったが、しかし、ヴィンテージワインにかける彼の情熱は本物と思われた。

実際、その知識と鑑定眼はたしかなものだ。

かくいうわたしも、イタリアのワインに対する気持ちは彼に負けないつもりで、その収集を趣味としていた。

そんなワイン通のふたりが、カーニバルでにぎわう町で再会したわけだ。

フォルトナートはその時点でだいぶのんでいたようで、わたしを見つけて陽気に話しかけてきた。

彼は道化師の仮装をしていて、鈴のついたとんがりぼうしをかぶっていた。

わたしは彼との再会がうれしくてたまらなかった。握手した手をぜったいにはなすものかと思うほどに。

「ひさしぶりじゃないか、フォルトナート。こんなところで会えるなんて奇遇だな。というか、すごいかっこうだ。ははは。そうだ、きいてくれ。じつはな、上等なスペインワインを大だるで手にいれたところなんだ。いったいなんだと思う？　なんと*アモンティリャードだ。ただ、本物かどうか自信がなくてな」

「なんだって？　アモンティリャードだと？　大だるで？　おいおいおい。いまはカーニバルだぞ？　そんなかんたんに手に入るものかよ」

「わたしもそう思ったんだが、のがしたらチャンスはめぐってこないかもしれないだろう？　きみがそばにいれば相談したんだが。もう代金もはらってしまった」

「アモンティリャードか！」

「確信（かくしん）はもてないんだが」

「アモンティリャードかよ！」

「本物だといいんだけどね」

「アモンティリャードな！」

「これからルケージのところへいこうと思っていたんだ。きみをわずらわせるわけにもいかないし、彼（かれ）に鑑定（かんてい）の依頼（いらい）を――」

「あんなやつ、アモンティリャードとほかのシェリー酒のちがいもわかるものか」

「でも、彼もきみと同じくらい目利（めき）きだというじゃないか」

＊アモンティリャード　シェリー酒（しゅ）の一種。複雑（ふくざつ）な香りが楽しめることが特徴（とくちょう）。

「よし、じゃあいこう」

「いくってルケージのところへ?」

「おまえの家のワインセラーにきまってるだろ」

「そんな、悪いよ。それだと、きみの親切につけこむみたいになる。このあとも予定があるだろ? だからルケージに——」

「予定なんてない。さあいくぞ」

「いや、よくないよ。予定はないかもしれないけど、きみ、さっきから調子が悪そうじゃないか。ひょっとしてかぜでもひいているのか? ワインをおいている地下は湿気(しっけ)がひどいし、*硝石(しょうせき)だらけだから体に障(さわ)るよ」

「いいから、いくといってるだろ。調子なんて悪くない。そんなことより、アモンティリャードだ! どうせだまされたんだ。ルケージなんてあてにするな。あいつはアモンティリャードとふつうのシェリー酒のちがいだってわからないんだ」

フォルトナートはあくまでもそう主張(しゅちょう)して、わたしの腕(うで)をつかんだ。

「あ、おい。……しかたないな」

わたしは黒いシルクの仮面をつけ、マントをはおると、彼にせかされるままに自分の屋敷へとむかった。

帰宅すると、家の者は全員、ではらっていた。カーニバルを楽しむべく、町へくりだしたようだ。

屋敷をでる前に、帰りは明日の朝になるが、ちゃんと家にいるんだぞ、とつたえておいたのに。まあ、そんなふうにいえば、わたしが背をむけたとたん、全員屋敷をとびだすことはわかりすぎるほどわかってはいたのだが。

「ほら、これをつかうといい」

わたしは壁にかかっていた松明を二本手にして、いっぽうをフォルトナートにわたした。

*硝石　硝酸カリウムの鉱物。水をくわえると熱を吸収する性質があり、ワインを冷やすのに使われることがある。

いくつかの部屋を経由し、地下へおりるための階段まで彼を案内する。

そこは、わがモントレソール一族の代々の地下墓地となっていた。

足もとに気をつけて、とつたえ、ふたりで長いらせん階段をおりていった。

よったフォルトナートがふらつくたびに、とんがりぼうしについている鈴が鳴った。

「たるはどこにある?」

「この奥だよ。それより、ほら、見てみろよ。壁のあちこちにクモの巣みたいな白い物が光ってるだろ?」

フォルトナートがぼんやりとわたしを見た。目が充血していて、答えがかえってくるまでに、少し時間がかかった。

「硝石か? ごほ、ごほ、ごほ」

「硝石だ。だいじょうぶか? その咳はいつから?」

「ごほっ、ごほごほごほ、ごほっ、ごほごほごほ、ごほごほごほっ、ごほごほごほごほっ！」

あわれなフォルトナートはしばらくのあいだ、まともに返事ができなかった。

「だいじょうぶだ」

「いや、もう上にもどろう」

わたしはきっぱりといった。

「きみの健康のほうが大切だ。きみには富も名誉もある。みんなから尊敬され、愛されているじゃないか。幸せなことだよ。どれも、わたしが失ってしまったものだ。大事にすべきだ。きみにもしものことがあったら、大勢のひとを悲しませることになる。アモンティリャードのことなんて気にするな。きみの病気が悪化でもしたら責任がもてないし、アモンティリャードのほうはあとでルケージに――」

「だいじょうぶだといってるだろ。こんなのはたいしたことじゃない。死ぬわけでもあるまいし。咳くらいでおれが死ぬかよ」

「わかった、わかった。べつにこわがらせたいわけじゃない。でも、用心するにこしたことはないし、そうだ、一ぱいどうだ？　いいメドック*ワインがある。気つけになるだろう」

わたしはずらりとならべていたワインのびんを一本手にとり、せんをぬいた。

「ほら、えんりょせず」

「気がきくじゃないか」

わたしがさしだすと、彼はにやりとわらった。

「この地下にねむるきみのご先祖にかんぱい」

「それから、きみの健康にもね」

フォルトナートはワインに口をつけ、満足げにうなずいた。その拍子に、また彼のぼうしの鈴が音をたてる。

フォルトナートはふたたびわたしの腕をとって、歩きだした。

「ここはずいぶんと広いんだな」

「モントレソール家はむかしは名家だったんだ。大勢が家系図に名をつらねていた」

「なるほど。家の紋章はどんなデザインなんだ？」

「青地に金色のひとの足がえがかれたものだ。ふみつけにしたヘビが頭をあげ、かかとに牙をつきたてている」

「家紋には格言みたいなものも書いてあるよな。なんていうんだ？」

「害なす者に報復を」

「そりゃいい！」

アルコールの効果でフォルトナートの目はうるんでいた。ふらつくと頭の鈴が、ちりん、ちりん、と鳴りひびく。

石垣のようにつまれた先祖の遺骨とさまざまなたるのあいだを通って、わたしたちは地下墓地の奥へと進んだ。

わたしはとちゅうでまたたちどまり、フォルトナートをひきとめた。

「硝石がふえてきた。見えるだろ？　コケみたいにへばりついてる。この上を川が

*メドックワイン　フランス、ボルドー地方にあるワインの生産地域、メドック製のワイン。長期熟成した赤ワインが有名。

流れているんだ。しみでた水が、したたるんだよ。なあ、手おくれにならないうちにひきかえしたほうがいい。きみの咳がこれ以上――」

「うるさいな。だいじょうぶだといってるだろ。いくぞ。ああ、ただ、そこまでいうなら、もう一本ワインをもらおうかな」

わたしはグラーヴワイン*の小びんをフォルトナートに手わたした。

それをひと息でのみほした彼の目は、ぎらぎら光っていた。突然、フォルトナートがわらいだす。そして、からになった小びんを奇妙な作法でほうりなげた。

わけがわからずフォルトナートを見つめていると、彼はもう一度、同じ作法をくりかえしてみせた。やはり、わたしには意味不明だった。フォルトナートは白けたような顔をしている。

「いまのがなにか、わからないのか?」

「ああ」

「つまり、おまえはメイソンじゃないってことだな?」

「メイソン？」

「フリーメイソン。秘密結社のことだ」

「ああ、メイソンね。そうか。いや、わたしはメイソンだよ」

「いまさらなにいってる。さっきのしぐさを知らなかったじゃないか」

「ど忘れしていたんだ」

「なら証明してみせろ」

「これだ」

わたしはマントの下から石工がつかうコテをとりだしてみせた。

「ダジャレか」フォルトナートはよろめいた。「まあいい。そろそろアモンティリャードとご対面といこう」

「そうだな」

わたしはコテをマントの下へもどし、フォルトナートに腕をかしてやった。

＊グラーヴワイン　赤ワインの生産が多いフランス、ボルドー地方において白ワイン、甘口ワインも生産しているグラーヴ地方のワイン。

低いアーチをくぐり、傾斜をくだり、下へ下へともぐっていく。

フォルトナートはひどくよっぱらっていたので、わたしがささえてやらねばならなかった。

やがて、わたしたちは地下ふかくの空間にたどりついた。

空気がよどんでいるせいか、松明の明かりが小さくなった。

光がとどかないすみのほうに、濃厚な闇がとどまっている。

床には骨が散乱していた。

むかしは、先祖の遺骨が整然とつみあげられ、壁をなしていたのだが、一部がもろくなってくずれてしまったのだ。

ちょうどそこに、ささやかなすきまができている。

奥ゆきは一メートルちょっと、幅は一メートルにやや たりないくらいで、高さはおよそ二メートルといったところだろうか。

なにか目的があってつくられた場所ではなく、天井をささえる柱と柱のあいだに、たまたまできた空間だ。その奥で、かたい花崗岩がむきだしになっている。

フォルトナートは、松明をかかげて、先を見通そうとした。

「そこだよ」と、わたしはつげた。「その奥にアモンティリャードがある。ルケージによれば――」

「あいつになにがわかる」

フォルトナートはふらつきながら足をふみだした。判断力がにぶっているうえ、くらいせいで、彼はそこがいきどまりであることに気づかなかった。すぐさま壁にぶつかり、首をかしげた。

わたしは即座にうごき、フォルトナートを花崗岩の壁に拘束した。

壁にはあらかじめ細工がしてあった。

六十センチばかりのきょりをあけて二本の巨大な鉄くぎをうちこみ、いっぽうにくさりを、いっぽうに*南京錠をとりつけておいたのだ。

事前によく練習していたから、フォルトナートの腹にくさりをまわし、南京錠をかけるのはかんたんだった。

フォルトナートはなにがおこったのかわからなかったらしく、ぼんやりしていた。

そう。このときを、ずっとずっとまっていたんだ。

長いあいだ、わたしはフォルトナートのひどいしうちにたえてきた。

どんな目にあったのか、その屈辱的な内容は、だれにも知られたくはない。

復讐をちかってからも、わたしはそれと気づかれないよう細心の注意をはらい、笑顔でフォルトナートに接してきた。

わたしはあせらず、チャンスをうかがいながら、念入りに計画をたて、この地下で、ひと知れず準備を進めた。

獲物をさそいこむのに、ひとびとがうかれさわぐカーニバルほど、ふさわしいタイミングはない。

*南京錠　巾着の形をした錠前。鍵のこと。

だから、わたしはフォルトナートをさがしていたのだ。

彼から声をかけてくれたときは、本当にうれしかった。

仮面で顔をかくしていたから、わたしとフォルトナートがいっしょにいたことはだれにも気づかれていないはずだ。

屋敷の者たちがではらうよう、しむけておいて正解だった。

フォルトナートがここにいることを知るのは、彼自身とわたしだけ。


わたしはカギをぬいて、彼からはなれた。

「壁にさわってみるといい。硝石がすごいだろう？　ここは本当に湿気がひどいからね。それじゃあ、最後にもう一度いっておこうか。なあ、もうひきかえさないか？

ふふ。いやか。わかったよ。なら、ここにのこるといい。せめて、きみが快適にすごせるよう、微力ながら力を貸そう」

「アモンティリャードは？」

フォルトナートはまだそんなことをいっている。

「すぐに用意するよ。アモンティリャードをね」

わたしは返事をして、遺骨の山へむかった。

骨をかきわけ、かくしておいた石材としっくいをとりだす。

マントの下にいれていたコテもだして、作業をはじめた。

フォルトナートのいる空間をあらたな壁でふさいでやるのだ。

「なん、だ？　なぜ？　これは……」

フォルトナートはおかれている状況を理解しはじめたようだ。

わたしはかまわずに、二段目の石をつみ、三段目、四段目とつづけた。

突然、くさりがガチャガチャと音をたてはじめた。フォルトナートがいましめからのがれようと体をゆすっている。

わたしはその音をじっくり味わうため、手をやすめて骨の山に腰かけた。

数分で音はやみ、わたしは作業を再開させた。

五段目、六段目、七段目。

石の壁はわたしの胸ほどの高さとなった。

わたしはまた手をやすめ、壁のむこうに松明をかざしてみた。

弱々しい明かりにてらされ、人かげが見えた。

瞬間、やつが絶叫した。おどろいたわたしは、とっさに剣に手をかけていた。けれど、思いとどまる。問題などありはしない。

のこりの壁をしあげるあいだ、わたしはやつの絶叫に絶叫でこたえてやった。

どんなにさけぼうとも、声が外へもれることはないのだ。

そのうちに、彼の声は弱々しくとぎれていった。

八段目、九段目、十段目。

真夜中までかかって、いよいよ完成目前となった。

最後の十一段目にもうひとつ石をはめこめば、あとはしっくいでぬりかためておしまいだ。

わたしは重い石をもちあげ、のこされていた穴におしこもうとした。

まさにそのとき、壁のむこうから低いわらい声がきこえてきた。わらっているのに、どこか悲しげでもあった。あのフォルトナートが、こんなにもあわれな声をだすなんて、ちょっと信じがたかった。だが、とてもいい気分だ。

「ひゃ、はは、ひっ、まったく手のこんだジョークだ。最高だ。ふたりで屋敷にもどってわらいあおうじゃないか。ひゃひゃ、ひ。ワインでものみながらさ。はは」

「アモンティリャードをな」

「ひひひ、ひひゃひゃ、そうだ、アモンティリャードをだ。だが、今日はもうおそい。みんながわれわれの帰りをまっている。おれの妻も心配していると思う。今日のところはここでおひらきにしようじゃないか」

「名案だ」

「お、おれをおいていったりしないよな、モントレソール？」

「きみをおいていったりなんてしないさ、フォルトナート」

それきり、フォルトナートはだまりこんだ。

これが最後のわかれなのだから、もう少しくらいつきあってやってもいいか。

わたしは穴のむこうに呼びかけた。

「フォルトナート」

返事がなかったので、もう一度呼びかける。

「フォルトナート」

それでも返事はなかった。

穴のなかに松明を落としてやる。

それにも反応はなく、ちりん、ちりんと鈴の音がきこえるだけだった。

さすがに胸がふさがるような思いがした。

いや、それはたんにこの場所の空気が悪いせいだろう。

のこっていた作業を大いそぎですませ、わたしはその新しく完成した壁の前に骨をつみあげた。

かくして、わたしは復讐をとげた。
あれからもう、半世紀がたつだろうか。
あの骨の山は、いまもまだ、くずされていない。
彼がどうかやすらかにねむりつづけられますように。

落とし穴(あな)とふり子

The Pit and the Pendulum

気分が悪い。フランス軍の救援を信じてたえてきたが、おれはもうダメだ。

この数日間、宗教裁判という名目で、たったまま拘束され、食事をあたえてももらえず、ねむることもゆるされなかった。

それらの拷問のせいで、頭がもうろうとしている。

拘束がとかれて、イスにすわることを許可されたときには、あらゆる感覚がなくなっていた。

ただ、黒衣の*異端審問官たちによってくだされた無慈悲な死刑の宣告だけが、おれの耳にのこっている。

ふと目をやると、テーブルの上で、ロウソクが七本、炎をゆらめかせていた。それはまるで、あわれなおれをたすけるために天からつかわされた白い天使さまみたいだった。

けれど、つぎの瞬間、感電したように嫌悪の感情が全身をかけめぐる。

天使さまが、連中のいうところの「異端者」であるおれなんかをたすけてくれるはずがない。

おれは、審問官たちが要求する*転向を拒否した「罪人」なのだ……。

思考にかすみがかかり、もうろうとする。

しかし、ここで意識を手放したら、二度と目ざめられないのではないか。

……いや、墓の下で永遠にねむるのも、あんがい悪くないかもしれない。

そうだ。悪くない。

むしろ、それこそがすくいかもしれない。

いつのまにか、魔法のごとく審問官たちが消えていた。

それどころかロウソクの明かりも消えて、あたりは漆黒にのまれている。

耳がきこえないばかりか、目にうつるものもすべてがなくなり、たましいが冥界に落ちていくようだった。

暗黒の夜が、おれのすべてをおおいつくした……。

*異端審問官　キリスト教（主にカトリック）の教えに反する者を異端者として、尋問や刑罰をくだす役職。　*転向　弾圧によって思考を変えること。

どうやら気絶していたらしい。
体は弱ったままだが、感覚だけはもどっていた。
しかし、あたりはまっ暗で、なにも見えない。
ここはどこだ……？
しばられてはいなかった。
かたく、たいらな場所にねかされていたらしい。
床はかすかにしめっている。
あれから、なにがあったのだろう？
どこかへはこばれたのか？
おれは気絶しているあいだにおこったことを理解しようと努力した。
たしかに意識はなかったが、まったくおぼえていないわけでもないはずだ。
ひとはねむっていても、錯乱状態にあるときでも、あるいは命つきはて墓の下に

埋葬されてさえ、そのたましいだけは、不滅ゆえに、すべてを記憶しているものではないだろうか。

もちろん、ふつうは、たましいの記憶を自由にひきだすことなどできない。

その記憶はもはや神の領域にあるからだ。

それでも、ふとしたきっかけで、みょうななつかしさをおぼえた経験はないだろうか？

それは、たましいの記憶が刺激されるからにほかならない。

ともかく、いま断片的に思いだせることを整理してみよう。

まずは、体の大きな者たちにかつぎあげられたということ。

彼らによって建物の地下ふかくへはこばれていったということ。

そして、その最下層にすておかれたということ。

そんなところか。

おれの視力がうばわれたのでなければ、ここには明かりがない。

永遠の夜のごとき闇がおれをつつみこんでいた。

あまりの恐怖に、うまく息ができなくなる。

おちつけ、と自分にいいきかせ、状況をただしく理解しようとつとめた。

死刑の宣告はくだったものの、自分が死んでいるとは思えない。

さすがにここは死後の世界ではないだろう。

なら、おれはどうなったのか？　いま、どういう状況にあるのか？

異端審問で死刑の宣告をくだされた者は、火あぶりにされるのがふつうだ。

おれはこのあらたな地下牢で、いつ執行されるともしれない火刑をまたなければならないのだろうか？

いや、そんなむだなことをする意味がない。

見せしめの犠牲者はすぐにも必要なのだから。

そもそも、ここはようすがおかしい。まったく光もささないなんて。

そのとき、ふとおそろしい考えが頭にうかび、ふたたび気が遠くなった。

まさか、おれはすでに埋葬されたのか？

ここは棺のなかなのか？

あわてて頭の上や周囲に手をつきだしてみた。

しかし、なににもふれることはなかった。

たちあがることもできたので、それなりの広さがあるのはわかったが、こわくて一歩もうごけない。少しでも進んで、墓の壁にふれてしまったらと想像すると、どっと汗がふきだした。

だが、このままこうしてたっていることも不安でしかなかった。

おれは意を決し、手をつきだしながら慎重に足を前へふみだした。

わずかな光でも見えないものかと目をこらす。

数歩進んだけど、手が壁にふれることはなかった。

どこまでも暗黒と虚無とが広がっている。少なくとも、せまい場所にとじこめられたわけではないとわかり、わずかに呼吸が楽になった。

しかし、連中はどういうつもりでおれをここへはこんだのだろう？

このトレド*では、地下牢にとじこめた者を餓死するまで放置すると、ウワサできいたことがある。おれのおかれている状況はそれなのか？

あるいは、もっとひどい運命が用意されているのだろうか？

異端審問官たちの残忍さを思えば、どれほど苦しい処刑方法が採用されてもふしぎではなかった。

いつ、どのように刑が執行されるのか、それがわかれば心の準備もできるというものだが、このように中途半端な状態では不安ばかりつのって、頭がおかしくなりそうだ。

ふいに、つきだしていた手のひらがなにかにふれた。

石づくりの壁のようだった。つるりとしていて、つめたい。

ひとまず、この壁にそって歩いてみよう。

ただ、まっ暗ないまの状況では、どれだけ歩いても、この空間の広さをただしく

*トレド　スペイン中部の古代都市。

知ることはできない。一周してスタート地点にもどっていても、おれはそうとわからないのだから、ぐるぐるとまわりつづけることになる。

「どうしたものか」

しるしをのこせればいいが、囚人服のポケットにはなにも入っていなかった。

そこで服をひきさき、その布切れを壁と垂直になるよう、床においておくことにした。こうすれば、一周したときに気づくことができるだろう。

おれは、歩数を数えながら、壁にそって進みだした。

なかなか一周しおわらないうえ、拷問でよわった体が思うようにうごいてくれない。

足もともすべりやすかった。

しばらくは慎重に歩きつづけたものの、とちゅうでころんでしまう。

「く、う……」

おきあがるだけの力が入らず、おれの意識はまた遠のいていった。

目がさめても当然のように、あたりは暗闇のままだった。
手をのばして近くをさぐる。と、なにかにふれた。
「なん、だろう？　これは……」
パンと水さしだ！
おれはパンを口におしこみ、水でかわきをいやした。
少し体力が回復したので、移動を再開する。
その後、なんとか苦労して、布きれのところまでもどってくることができた。
意識がとぎれる前、五十二歩を数えていたはずだ。そこから四十八歩を追加した。
つまり一周するのに百歩かかったことになる。二歩で約一メートルと仮定すれば、
この場所の円周は五十メートルくらいだろう。
ただ、完全な円形ではないだろうし、あくまでも目安にすぎない。
もちろん、こんなことがわかったところで、おれがたすかるわけではなかった。

それでも、なにもしないよりましな気がする。だから、もう少ししらべてみよう。

このまっ暗でなにも見えない空間が、つるつるしたつめたい壁にかこまれていることはたしかめた。

では、中心部はどうなっているだろう？

確認するには壁をはなれる必要がある。

「よし」

おれは覚悟をきめ、用心しながら足をふみだした。

こちらの壁から反対側の壁まで、できるだけ、まっすぐに進みたい。

そうやって十歩か十二歩ほどいったところで、なにかが足にからまり、はげしくころんでしまった。

「つっ」

先ほどひきさいた囚人服からよけいな布がたれていたのだ。

「くそ」

そこで、みょうなことに気づいた。

ひたいに、すーっと風があたっているのだ。

その風は下からふきあがっていた。ひどく生ぐさい風だった。

慎重に手でたしかめて、おおよそのところをはあくする。

おれは巨大な穴のふちでたおれたらしい。

あやうく落ちるところだったのだと思うと、ぞっとして寒気をおぼえる。

穴の直径は、この暗闇のなかではわかりようもないが、ふかさはどうだろう？

手さぐりで見つけた小石を穴のなかに落とし、耳をすます。

石は何度も壁にぶつかり、やがて、ぼちゃんと水に落ちる音をひびかせた。

そのとき頭上からも物音がして、ひとすじの光が暗闇にさしこんできた。が、すぐさまその光は消えてしまう。

おれは状況を理解した。まずは最悪の事態をまぬかれた幸運をかみしめる。

もしも、さっき転倒したさいに、もう一歩でも前にでてたおれていたら、いまこうしてはいられなかったのだ。ふかい穴へと落ちていた。

穴の底は井戸のように水がたまっている。水の音がきこえたあと、光がさしたのは、おれが落ちたのかを審問官どもが確認するためだったわけだ。

いったい、どうしたらいいのだろう。

このまっ暗な空間には、こうした穴が、いくつも用意されている可能性がある。

これまでは運がよかっただけで、一歩ふみだせば、つぎは落ちてしまうかもしれない。そんなふうにして死にたくはなかった。

おれは手足をぶるぶるふるわせながら壁までもどった。

いっそ、みずから穴にとびこむという選択肢もある。

そうすれば、このみじめな運命をおわらせることができる。

だけど、心も体もいためつけられ、よわってしまったいまのおれには無理だ。

そんな勇気はない。

やつらは、この刑がくだされた者の精神状態も見こしている。みずから進んで穴にとびこむことができないことを、よくわかっているのだ。

肉体は休息を必要としているのに、神経が高ぶって、なかなかねむることができなかった。それでも、なんとか睡眠をとり、目をさますとまたパンと水さしがおいてあるのに気づいた。

ひどくのどがかわいていたので、水さしの水をごくごくといっきにのみほす。

ひと心地がついたところで、突然、強いねむけにおそわれた。

おきたばかりなのに、こんなことはありえない。水に睡眠薬がまぜてあったのだと気づいたときには強制的に意識がきられていた。

どれほどねむっていたのだろう？

意識をとりもどして、まずおどろいた。

これまでの漆黒の世界から一変して、まわりが見えるようになっているのだ。

と同時に、自分が拘束されていることにも気づいた。

「どうなってる？」

意識を失っているあいだに、木製の低い台に大の字でしばりつけられてしまったようだ。両手両足、胴体が革ひもでぐるぐるまきにされている。

かろうじて頭と左腕は、うごかすことができた。左腕の革ひもだけ、少しばかりゆるい。

あらためて周囲を確認してみる。

どこかべつの場所へ移動させられた、ということではないようだ。

床の中央にまるい穴がある。あれは、おれがあやうく落ちそうになった穴にちがいない。いくつかあるのではとおそれたが、穴はひとつきりだった。

暗闇のなかで歩いてはかったときには、壁はぐるりと五十メートルほどかと思ったが、実際には二十数メートルというところだった。

もしかしたら、一度ころんで意識がとだえた時点で、ほぼ一周していたのかもしれない。覚醒して、ふたたび歩きだすさい、気づかないうちに、きた道をもどってしまったから倍の長さになったのだろう。ふつうの状況ではないから、最初に壁を左にして歩いていたのが、右側になっていることにも気づけなかったにちがいない。

もっとも、そんなことは、いまさらどうでもいいか。

視界がきかなかったときにはわからなかったが、ここはおおよそ四角形の空間だ。壁は石づくりではなく、どうも金属製である。

その壁には、目をそむけたくなるような残酷な絵がかきなぐられていた。おそろしい顔つきの悪魔やガイコツ、怪物たちが。それらは湿気のせいか、ぬらぬらと色がにじんでいる。

おれがしばりつけられている台の下には、食事をいれた皿が用意されていた。左腕のみ革ひもがゆるめられているのは、食事を口にはこぶためらしい。

どろどろした、肉か野菜のスープのようだ。苦労して具をつかみ、口にいれる。

瞬間、予想外のからさにむせてしまった。

「ごほっ、ごほっ、く、う」

今回は、飲み物が用意されておらず、ひたすら苦しむこととなった。


天井の高さは九メートルから十二メートルほどだ。

側面の壁と同じく絵がえがかれている。しかし、どうにも奇妙だ。

時間をつかさどる神クロノスの絵なのだが、本来手にしている大鎌ではなく、置時計についているような巨大なふり子をもっているのだ。

いや、なにか、どこかおかしい……。

おれは目をこらした。

もしかして、ふり子がうごいていないだろうか。

じっと観察しつづけて、実際にふり子がうごいていることを確信する。

ふれ幅がかすかだったので最初はわからなかったのだ。

つまり、あれは絵ではなく実物だということになる。

なんだかよくわからないながらも、数分間それを見まもった。

しかし、とくになにもおこらない。意味はないのだろうか？

ふいに小さな物音がした。

床に目を落とすと大きなネズミが走っていくのが見え、ぞっとした。

例の大穴からはいでてきたようだ。食べ物のにおいにさそわれたにちがいない。わらわらとわいてでてくる。しばられているせいで、連中をよせつけないようにするのはかんたんなことではなかった。

ネズミどもから食べ物をまもるのに必死だったせいで、ふたたび天井に目をむけるまでずいぶん時間がたっていたと思う。三十分か、もしかしたら一時間くらいたっていたかもしれない。おれには時間をただしく知る方法はないから、感覚でしかわからないが。

そんなことは、このさいどうでもいい。

天井を見あげたおれはどうようした。

ふり子のふれ幅がさっきよりも大きくなっているのだ。

当然のように、速度もましていた。

さらにいえば、ふり子そのものが、先ほどの場所より降下してきていた。

ふり子の先端は三日月の形をした、三十センチほどの鋼鉄の刃になっている。その刃が、ふり子がゆれるたびに、しゅ、しゅ、と音をひびかせた。

おれが穴の存在に気づいたことで、連中は計画を変更せざるをえなくなったわけだ。

あの落とし穴は、おれのように、宗教裁判にかけられ、転向することをうけいれなかった者たちのために用意されていた。

あれはまさに、罪人を地獄へ落とすための穴だろう。

おれが暗闇のなかでも落下をまぬかれたのは、ただの幸運にすぎない。

穴に気づいたおれが、この先、やつらがのぞむように突然落下するという展開はありえない。だから、もっとおだやかな……おだやかだって？　くそ。とにかく、やつらはじわじわとおれの精神をおいつめ、命をうばう方法に変えたのだ。

鋼鉄の刃が往復する数を、生きた心地もせずに数えつづける。

少しずつ、少しずつ、刃がおれに近づいてくる。

もしも、ふり子がもっと降下してきたら？

いずれ、あの刃によっておれの肉体は……。

ものすごい恐怖に支配されながら、一日が経過していく。

台にしばりつけられてから、いったい何日がすぎたろう。

それとも何十日もの時間が流れたのか。

そのころには、往復する刃の生みだす風が感じられるまでになっていた。

するどい鋼鉄の、独特のにおいが鼻にとどく。

いっそのこと、一瞬でおわらせてほしかった。

こんな恐怖にはもうたえられない。頭がどうかしそうだ。

おれはなにもかもをおわらせようと全身であばれた。刃に体をおしつけてやる！

だが、そんな自由はあたえられていなかった。

子どもが新しいおもちゃをほっするように、頭上でかがやく死のふり子を見つめながら、おれはねむりに落ちた。


目がさめたとき、ふり子の位置は意識を失う前と変わっていなかった。

ねていたのは、そう長い時間ではなかったようだ。

いや、本当のところはわからない。連中がその気になれば、おれがねているあいだだけ、ふり子の往復をとめることだってできただろう。

つかれがたまっていた。気分も悪い。

それでも空腹を感じた。こんなときでも腹がへるなんておかしなものだ。

おれは苦労して左腕をのばし、ネズミが食いのこしたわずかな食事をつかんだ。それを口のなかにおしこむ。

そんなものでも、生きる希望がわいてくる。

しかし、それも一瞬のことだ。

生きる希望など、なんの役にたつだろうか。

おれの心は、どんどんむしばまれていった。

ぶん、ぶん、と音をたてながら、ふり子はおれの体に対して直角にゆれている。

このままなら、やがて、おれの心臓あたりをきりさくことになるだろう。

ふれ幅はいまや九メートルか、それ以上あった。

鉄の壁だってきりさけるほどのいきおいだ。おれの肉体などひとたまりもない。

おれは、とまれ、と念じた。時間が停止し、刃がおれまでとどかないことを強くねがった。だが、それが無意味であることもよく理解していた。

長い時間をかけて、じりじりとふり子がおりてくる。

右に、左に、遠く、大きく。ぶん、ぶん、と悪魔のうなり声をともなって。

おれの心臓めがけて、獲物をねらうトラのようにゆっくりと。

おれは刃が遠ざかるときには歓声を、落下するときには絶望の声をあげた。


確実に、無慈悲に、ふり子の位置がさがってきている。

もう何日、ここでこうしているのかわからなかった。

ふり子の刃はいまや胸からわずか七センチばかり上でゆれていた。

「いやだ！　いやだいやだいやだいやだ！」

おれは必死にもがいた。

刃がひとゆれするごとに、おれはあえぎ、もがき、身をちぢめた。通りすぎた刃がはなれていくのを目で追い、落ちてくるときには反射的に目を閉じる。

こわくてたまらない。死んでしまえば、この恐怖から解放されるのだとしても、いまはこわくてしかたがない！

ふり子の光りかがやくするどい刃は、もうまもなくおれの胸を直撃するだろう。

それを想像したとき、全神経がふるえた。

「ああ」

おそろしくてふるえたわけじゃない。希望のためにふるえたのだ。

あと十回か、せいぜい十二回も往復すれば、あの刃はおれが着せられている囚人服をかすめることになる。

圧倒的な絶望のなかで、おれの頭はふしぎにとぎすまされていた。この恐怖の数時間、あるいは数日間のなかで、もしかしたら、いまがいちばん思考がクリアかもしれない。

おれの上半身をぐるぐると何重にも拘束している革ひもは、どうやら長い一本のようなのだ。

なら、刃がひものどこか一か所をきってさえくれれば、あとは多少なりとも自由のきく左手でゆるめ、ここからにげだせるのではないか。

もちろん、刃がかすめるときの恐怖を思えば、とても冷静ではいられない。

少しでもズレたら、それでおしまいなのだ。

おれは頭をもちあげて、革ひもの状態を確認してみた。

手も足も胴も、ぐるぐるにまかれている。

ただ一か所、おれを殺すために用意された刃の通り道をのぞいて。

「……ダメか」

連中は、ふり子の軌道とおれの胸をしばるひもの位置とがかさならないよう、事前に調整していたということだ。

もちあげていた頭をもとの位置にもどす。

しかし、落ちこんでいたわけでもない。

べつのアイディアがあった。自分でも正気をうたがうような策ではあるけど、可能性はゼロではない。どうせこのままなら先はないのだ。

おれは一か八か、そのアイディアを実行にうつすことにきめた。

もう何時間も、おれがねかされている台の周辺にはネズミの大群がおしよせていた。凶暴で、大胆で、どん欲な連中だ。赤い目をギラギラと光らせながら、おれがうごかなくなったら、むさぼり食おうとまちかまえている。

「あの穴のなかで、なにを食ってきたのだろう」と考えずにはいられない。ひょっとすると、これまで穴に落ちた犠牲者を……。

ネズミどもは、何度おいはらってもむらがってきて、皿のなかの食事をほとんど食べつくしてしまっていた。

こちらが単純に手を上下にふるだけでは、もうなれてしまって、効果がない。食欲旺盛なネズミどもは、おれの指までかじりはじめていた。

いまいましかったが、今回はそれが役にたつ。

おれは皿のなかのあぶらっぽい食べのこしを、左手のとどく範囲の革ひもになすりつけた。それから手を床からひっこめて、息をひそめる。

ネズミどもは、おれがうごかなくなったことに、最初警戒したようだった。すぐにとびかかってこないどころか、穴へにげもどるやつさえいた。

だが、やつらのいじきたなさに期待したのはまちがいではなかった。

おれがうごかずにいると、一ぴき、二ひきと、おれのねている台へあがってきて、革ひものにおいをかぎだしたのだ。

そのあとは、たくさんのネズミが穴からでてきて、おれにむらがった。頭上で規則ただしくゆれうごくふり子なんて、ネズミどもにとってはなんの脅威でもないようだ。刃をさけながら、べたべたになった革ひもを夢中でかじっている。

ものすごい数だ。つぎつぎとおれの体の上につみかさなっていく。のどのあたりでうごめき、そのつめたい鼻先でおれのくちびるをさぐった。

殺到するネズミどもの重みで、うまく息ができない。

言葉にできない嫌悪感。ぞっとするつめたさに心臓がちぢみあがる。

でも、もう少しだ。せめてあと一分。そうすれば、この状況から解放される。

革ひもが、ゆるんできているのがわかった。

おれは並々ならぬ決意をもって、限界まで、ただ、じっと横たわりつづけた。

あと少し。あと少し。もう少しで——。

そのとき、はりつめていた革ひもが、だらりとたれさがった。

思ったとおりだ！

ふり子の刃は囚人服をきりさき、ほとんど胸の皮膚にまでせまっている。刃が二回通りすぎるうちに、するどい痛みが走った。

ぐずぐずしてなどいられない。いまだ。

片手をひとふりして、ネズミどもをおいはらう。

あせらず、体をおこさないよう横へころがし、刃のとどかない床へと落下した。

「やった！　やったぞ！　おれは自由だ！」

そのとき、地獄の装置が停止して、ふり子がするすると天井へひきあげられていった。

それはつまり、おれがずっと監視されていたということを意味していた。

おれの行動はなにもかもつつぬけだった。わかっていたのに……。

自由だって？　おめでたいにもほどがある！

おれはただ、ひとつの死を回避したにすぎない。連中はおれを苦しめるべつの方法をとるだけなのだ。そうと気づかされて、おれはあらためて絶望する。

なにがおこるのかとびくびくしながら、おれは周囲を見まわした。

違和感がある。

はっきりどこがとはいえないが、なにかが、すでにおこりはじめていた。

おれは何分ものあいだ、なすすべもなくふるえていた。

そのうちに、ようやく、この牢をてらしているものの正体に気づいた。

壁と床とがせっしている部分に一、二センチていどのすきまがあるのだ。ぐるっと一周しているそのすきまのむこうから明かりが入ってきている。

光が一周しているということは、壁は床からもちあがっているということなのか。

ためしに近づいて、そのすきまのむこうをのぞいてみようとしたが、うまくいかなかった。なにも見えない。

あきらめてたちあがると、やはり、どこかおかしく感じられた。

壁にえがかれている怪物や悪魔の絵が強烈な極彩色にかがやき、以前にもまして、おそろしくなってはいないだろうか……。

悪魔の目がらんらんと光っている。そこにも。あそこにも。いたるところに悪魔がうかびあがり、ぎらぎらともえるような目でおれをにらみつけてくる。

これは幻覚か？　とうとう、おれの頭がおかしくなってしまったということか？

いや、そうじゃない！

息をすいこむと、熱せられた鉄が発する蒸気のにおいがした。悪魔たちの目がぎらぎらとかがやきをましていく。惨劇の絵はぬらぬらと血の色をこくしていく。

おれは必死に息をした。

なんてことだ！　ちくしょう！　連中、壁を炎でかこってやがる！

おれは灼熱の鉄壁からはなれた。

いままさにせまりくる地獄の炎を思うと、あんなにもおそろしかった大穴のつめたさは救いのようにも感じられ、おれは部屋の中央へとかけよった。

のぞきこむと、もえさかる天井の炎が穴の底をてらしていた。

その奥底を見つめているうちに、とうとつに、なにもかもを理解した。

ああ、そうか。そういうことか。

「ふざけやがって！」

おれは大穴のふちからはなれ、両手で顔をおおった。おえつがとまらなかった。

熱がいきおいをまし、天井を見あげたおれは、身ぶるいする。

さらなる変化がおきはじめていた。

低くうなるような音とともに、部屋の壁が移動していくのだ。

ほぼ真四角だった部屋が、ひし形にゆがみつつある。

「こんなしかけがあったなんて……」

このままではおそからず熱せられた壁にはさまれることになる。

「それでも穴に落ちるよりはましか」

バカな。連中の目的は、結局のところ、おれを穴へ落とすことなのだ。熱せられた壁で焼け死ぬか、おしつぶされて圧死するか。

それらがいやなら、穴へとびこむしかない。

結局、すべてはおれを穴へと誘導していた。

壁は容赦なくせまってくる。あまりの熱気に、まともに息ができない。

ひし形はますますつぶれ、安全な場所がうばわれていく。

「くそ。くそ。くそ」

やがて、足のおき場は二、三センチほどしかなくなり――。

おれは長く絶望の声をほとばしらせた。

とうとう足場が失われ、落下する――その寸前。

大勢の声がした。トランペットが高らかにふきならされている。

雷鳴のような無数の足音がひびき、炎の壁がさがっていく。
なにがおきているのか。これは現実なのだろうか。
穴へ落ちかけていたおれの腕を、かんいっぱつ、何者かがつかんでいた。
「まにあったようだな、同志よ！　たすけにきたぞ！」
それは、フランス軍がほこる、かの騎兵指揮官、*ラサール将軍であった。
彼の力強い手がおれをひきとめてくれていた。
フランス軍が勝利し、トレドを落としたのだ。
おれは、おれたちは、生きのこることができた！

＊ラサール将軍　フランス革命時（1789－1799）の将軍。

ひとり Alone

子どものころからぼくは　ほかの子とは
どこかちがっていた　ほかの子とは
ちがったものに目がむき　だれもが
夢中（むちゅう）になるものには心おどらなかった
ひととは異（こと）なるものにかなしみ
ひととは異なるものに胸（むね）をふるわせ
ぼくがなにより大切にしていたのは　ひとりでいることだった

子どものころ——夜が明けるように
波瀾（はらん）の人生がはじまろうとしていたそのころ　ぼくは

善や悪でははかりきれない　もっと大きな
神秘なるものに心をこがし　いまもまだこがれている
はげしい水の流れに　わきでる泉に
きりたった山の赤い断崖に
ぼくのまわりをきらきらと
秋の色にそめる太陽に
空を走る稲光に
雷鳴とどろく嵐に
そして
（青空のなかでさえ）
怪物みたいに見える雲に
あのころからずっと　ぼくは夢中なんだ

あとがき

黒ずくめの男に薬をのまされ、子どもの体になってしまった高校生探偵の工藤新一は、自分の正体に気づいていない幼なじみ、毛利蘭に名前を聞かれ、とっさに江戸川コナンと名のります。

ご存じのとおり、これは日本の小説家、江戸川乱歩とイギリスの小説家であるアーサー・コナン・ドイルを組み合わせた偽名です。

この江戸川乱歩も本当の名前ではなく（本名・平井太郎）、ペンネームでした。その由来となっているのが、本書の生みの親、創造神にして悪魔的な天才作家「エドガー・アラン・ポー」です。

つまり、ポーがいなければ、コナンくんも存在していなかったかもしれないわけです。偉大ですね。

ポーは十九世紀を代表するアメリカの作家であり詩人であり編集者です。

推理小説を生みだした人物としても知られています。

一八四一年に発表された「モルグ街の殺人」という短編作品が世界初の推理小説といわれているからです。

このころ、日本は江戸時代でした。大ベストセラー、曲亭馬琴の『南総里見八犬伝』が完結するのが一八四二年（刊行開始は一八一四年）のことですので、ほぼ同時期にあたります。

およそ二百年前、日本ではアベンジャーズみたいなSFバトルファンタジーノベルがヒットし、アメリカではポーが実験的な手法で悪夢を量産していたのです。

すごくないですか？

古典作品がオワコンだなんて、とんでもありません。数々の名作がいまも読みつがれているのは、それだけの理由があるのです。

ポーの生みだした作品群もまた、いまなお黒々とした呪力をともない、かがやいています。

というわけで、この短編集では、ポーがのこしたおそろしくもうつくしい恐怖小説から五作、そして詩を一編、選ばせていただきました。

「黒猫」

ポーといえばこれでしょ、というくらいの代表作。

きちんと読んだことがなくても、なんとなくは知っている、という方も多いのではないでしょうか。

密室殺人をあつかった「モルグ街の殺人」、滅びの美学をえがいたゴシック小説「アッシャー家の崩壊」、不穏な余韻をのこす詩作「大鴉」、そして、残酷な人間心理をうきぼりにする「黒猫」。

猫ずきにはつらすぎるストーリー展開で、語り手に感情移入するのは困難なように思えます。

ですが、嫌悪感をもって読み進めるうちに、語り手の心の闇が自分と無縁でないと気づかされ、ぞっとしないでしょうか？
語り手が迎える絶望的なラストを見て、「ざまあ！」と思ったあなた、あなたの心のなかにもおそろしい魔物が棲んでいるかもしれませんよ。

「ウィリアム・ウィルソン」

自分そっくりの分身――ドッペルゲンガーを題材にした作品です。

ふたりのウィルソンが出会う学校（寄宿舎）は、実際にポーが生活していた場所がモデルとなっています。

また、彼らの誕生日である一月十九日はポー自身の誕生日でもあります。ちなみに、イラストを担当してくださったスカイエマさんも同日生まれだそうです（運命的！）。

ポー自身、ギャンブルやお酒で痛い目を見ているので、自分の経験をあちらこちらで反映させていることがうかがわれます。

もうひとりのウィルソンとは何者だったのか？　きちんと説明されることはないのですが、語り手をみちびこうとしていたように見えます。

善なる自分との闘いのなかに、毒を混入させるがごとく一滴の悲しみを落とすポーの魔力に、あなたもやられてしまうことでしょう。

「赤死病の仮面」

タイトルにもある「赤死病」は「黒死病（ペストの俗称）」をもじったポー創作の病です。

感染はこわい。でも、だれかとつながっていたい。自分だけはだいじょうぶなのではないか？　じゅうぶんがまんしたし、もういいでしょ。感染対策もしているし、楽しもうよ。パンデミックを経験したわたしたちにはおぼえのある感覚ではないでしょうか?

しかし、人間の気持ちや都合などウイルスには関係ありません。病のおそろしさはもちろん、ひとの愚かさや無力さも垣間見られる一作となっています。


「アモンティリャードのたる」

アルコール度数を高めたワインのことをシェリー酒といいます。

アモンティリャードは、スペイン産の高級シェリー酒の名前です。

すでに紹介したとおり、ポーは詩人でしたので、語感に非常に敏感でした。

つまり、あちこちに言葉遊びをはさんでくるわけです。

「つみあげる」という動詞はスペイン語では「アモントナル」というのですが、アモンティリャードはそこにかかっているものと思われます。くりかえされる「アモンティリャード」というセリフは、なんだか「つみあげろ、つみあげろ」と要求するかのよう。

なにをつみあげ、その結果どうなるか、お読みいただいた方は、すでにおわかりですね？

「落とし穴とふり子」

なぞの状況下で自由をうばわれ、ゲームをクリアしなければ命を落とす、というデスゲームのような一作。

この語り手が何者なのかは、正直さっぱりわからないのですが、二百年前、すでにデスゲームを開催していたポーのえげつなさに脱帽せざるをえません。

なお、本作品集ではポーの魅力を損なわずに、けれどわかりやすくつたえるため、どの話でも部分的に説明の順番をいれかえたり、省略したり、創作をくわえたりしています。

とくに、この「落とし穴とふり子」はオリジナルがやや難解であるため、大幅な省略と創作をくわえていることを、おことわりします。

「ひとり」

ポーはおさなくして両親を失い、兄とも妹ともバラバラにひきとられました。

ポーが二歳のときです。

彼は裕福なアラン夫妻にひきとられ、そこで洗礼をうけてエドガー・アラン・ポーの名前を得ます。

しかし、正式な養子縁組はされなかったそうです。

このことが、ポーの創作活動にどれほどの影響をあたえたのかはわかりません。

ただ、彼がおさないころから、ひととはちがう感性をもっていたことが、あるいはちがう感性をもとうとしていたことが、この詩から感じとれます。

その感覚がおさなき日の彼を生かしたのかもしれないと、わたしは想像するのです。

ポーの作品に惹きつけられる者は、みんな、少なからずこの気持ちを知っているのではないでしょうか。

なお、原文ではうつくしく韻をふんでいるのですが、そのリズムをのこしたまま翻訳することは、わたしの力をあまりに超えていたため、意味だけを抽出した詩を掲載させていただきます。

どうかあなたの心に、ポーの呪いが刻まれますように。

にかいどう青

著者紹介

文／にかいどう青（にかいどう あお）

神奈川県出身。作品に「ふしぎ古書店」シリーズ、「SNS100物語」シリーズ(以上講談社青い鳥文庫)、「予測不能ショートストーリーズ」シリーズ(講談社)、「撮影中につきおしずかに！」シリーズ(ポプラキミノベル)、『黒ゐ生徒会執行部』(PHP研究所) などがある。

原作／エドガー・アラン・ポー（1809~1849）

ボストンに生まれる。旅役者の両親と幼くして死別し、アラン家にひきとられる。ヴァージニア大学を中退後、雑誌の編集、短編の執筆などをして生計をたてる。作品に『黒猫』『アッシャー家の崩壊』『モルグ街の殺人』など。40歳で死去。

絵／スカイエマ

東京都出身。イラストレーター。児童書から一般書装画、挿絵、雑誌イラストなど幅広く活躍する。第46回講談社児童出版文化賞さしえ賞を受賞。作品集に『スカイエマ作品集』(玄光社) がある。エドガー・アラン・ポーとは誕生日が同じ。
公式HP　http://emma-sky.com/

作品の一部に、現代においては不適切と思われる語句、表現等が見られる場合もありますが、作品発表当時の時代背景に照らしあわせて考え、原作を尊重いたしました。

The Black Cat
E.A. Poe's Short Stories

ホラー・クリッパー
ポー短編集 黒猫

2024年２月　第１刷発行
2024年11月　第２刷

にかいどう青／文
エドガー・アラン・ポー／原作
スカイエマ／絵

発行者／加藤裕樹
編集／荒川寛子
発行所／株式会社ポプラ社
〒141-8210　東京都品川区西五反田3-5-8
JR目黒MARCビル12階
ホームページ　www.poplar.co.jp
印刷・製本／中央精版印刷株式会社
装丁・シリーズデザイン／タカハシデザイン室

ISBN978-4-591-18108-9　N.D.C.933　159p　19cm　Printed in Japan

P4165005